Bianca

Prisionera en el paraíso
Trish Morey

HARLEQUIN™

Editado por HARLEQUIN IBÉRICA, S.A.
Núñez de Balboa, 56
28001 Madrid

© 2010 Trish Morey. Todos los derechos reservados.
PRISIONERA EN EL PARAÍSO, N.º 2070 - 13.4.11
Título original: His Prisoner in Paradise
Publicada originalmente por Mills & Boon®, Ltd., Londres.

I.S.B.N.: 978-84-671-9964-2
Depósito legal: B-7357-2011
Editor responsable: Luis Pugni
Preimpresión y fotomecánica: M.T. Color & Diseño, S.L.
C/ Colquide, 6 portal 2 - 3º H. 28230 Las Rozas (Madrid)
Impresión en Black print CPI (Barcelona)
Fecha impresion para Argentina: 10.10.11
Distribuidor exclusivo para España: LOGISTA
Distribuidor para México: CODIPLYRSA
Distribuidores para Argentina: interior, BERTRAN, S.A.C. Vélez
Sársfield, 1950. Cap. Fed./ Buenos Aires y Gran Buenos Aires,
VACCARO SÁNCHEZ y Cía, S.A.
Distribuidor para Chile: DISTRIBUIDORA ALFA, S.A.

SEP - 2011

Capítulo 1

SOBRE mi cadáver! Daniel Caruana no había leído más allá del primer párrafo del correo electrónico que le había enviado su hermana antes de arrugarlo y lanzarlo contra la pared más cercana. ¿Monica iba a casarse con Jake Fletcher? ¡De ninguna manera!

¡Y menos si él podía hacer algo para evitarlo!

Alterado, comenzó a pasear de un lado a otro de su despacho mientras se pasaba las manos por el cabello. Desde el ventanal se podía contemplar la playa de arena blanca y palmeras y el mar azul que brillaba bajo el sol tropical de Far North Queensland.

Daniel no lo veía.

Sólo veía el color rojo.

¿Cómo había permitido que Monica estudiara en Brisbane? Tan lejos de Cairns y de su control. «Y desde luego no lo bastante lejos de las manos de Jake Fletcher».

Dejó de pasear y se estremeció. Fletcher lo había llamado dos veces esa semana, dejándole mensajes para que le devolviera la llamada. Daniel había ignorado esos mensajes. No pensaba hablar con Fletcher nunca más. No tenía motivos.

Pero, al parecer, Fletcher si los tenía. Aunque sólo fuera para regodearse…

Se le formó un nudo en la garganta. «Por favor, Fletcher no. Y tampoco mi hermana».

Sobre todo después de lo que había sucedido anteriormente.

Daniel apoyó la frente contra el cristal y cerró los ojos. La imagen de una chica de dulce sonrisa y ojos azules invadió su cabeza.

Emma.

Mientras estuviera vivo no olvidaría a Emma.

«¡Ni lo que Jake Fletcher le había hecho a ella!».

Abrió los ojos y miró hacia el horizonte en busca de respuestas y soluciones. Normalmente, aquella vista lo animaba e incluso calmaba sus nervios.

Pero ese día no.

Golpeó el cristal con la palma de la mano. «¡Maldita sea! ¡Monica no!» Apenas acababa de deshacerse del último novio de Monica, algo que le había costado veinte mil dólares. Nada comparado con lo que aquel cretino podía haber pedido si hubiera descubierto lo que realmente valía su novia.

Por otro lado, estaba casi seguro de que Fletcher conocía muy bien el valor de la fortuna de los Caruana. Veinte mil dólares no habrían bastado para disuadirlo, y menos cuando él imaginaba que estaba a punto de convertirse en parte de la familia.

«De ninguna manera». Mientras Daniel tuviera algo que decir, Jake Fletcher nunca formaría parte de su familia.

Sabía que Fletcher no le saldría barato, pero todo el mundo tenía su precio y merecía la pena liberar a Monica de la influencia de aquel hombre.

Sonó el teléfono que estaba sobre su escritorio y Daniel frunció el ceño. ¿Su imperio no podía pasar diez minutos sin él? Entonces, se acercó para contestar. Después de todo, no había conseguido que Caruana alcanzara el éxito después de pasar por una situación económica desastrosa ignorando el negocio.

Negociaría con Fletcher, pero no bajaría la guardia durante el proceso. Agarró el teléfono y contestó la llamada.

–¿Sí?

–¿Señor Caruana? –su secretaria dudó un instante antes de continuar. Él recordó que era una suplente y no su eficiente secretaria habitual–. Una mujer que dice llamarse Turner quiere verlo.

Él frunció el ceño y, durante un segundo, el problema con Fletcher pasó a segundo plano. No recordaba nada acerca de una señorita llamada Turner.

–¿Quién?

–Sophie Turner, de *One Perfect Day*.

El nombre no le sonaba de nada pero estaba acostumbrado a que la gente intentara verlo para pedirle favores o dinero para contribuir con proyectos que los bancos habían rechazado financiar. Sin duda, la señorita Turner era otra de esas personas.

–Nunca he oído hablar de ella. Dile que se vaya –colgó el teléfono, molesto por aquella innecesaria interrupción.

Treinta segundos más tarde, el teléfono sonó de nuevo.

–¿Qué ocurre ahora? –preguntó.

–La señorita Turner dice que los detalles de su visita aparecían en el correo electrónico que le ha enviado su hermana.

–¿Qué correo electrónico?

–¿No lo ha leído? –la secretaria suplente preguntó

con voz temblorosa. Parecía que en cualquier momento iban a saltársele las lágrimas–. Estaba sobre su mesa. Lo imprimí a propósito.

«¿Ese correo electrónico?» Se fijó en el papel arrugado que estaba tirado en una esquina de la habitación.

–Espera –dijo él, dejando el teléfono sobre la mesa para ir a recoger el papel arrugado y leerlo de nuevo.

Daniel, por favor, alégrate por mí. Creía que nunca encontraría a un hombre, sobre todo después de que me dejaran por tercera vez, pero conocí a Jake Fletcher y las últimas semanas de mi vida no podían haber sido mejores. Me trata como si fuera una princesa y me ha pedido que me case con él. Le he dicho que sí.

«¡Jamás!» Cerró los ojos al sentir que la rabia se apoderaba de él otra vez. No le extrañaba que no hubiera sido capaz de leer el resto. Deseaba arrugar el papel una vez más, pero respiró hondo y continuó leyendo.

Sé que no os llevabais bien en el pasado y quizá por eso no le devolviste las llamadas a Jake la semana pasada, pero espero que seas capaz de olvidar el pasado cuando veas cómo nos queremos.

¿Olvidar el pasado? Montones de imágenes de una chica sonriente invadieron su cabeza. ¿Cómo se suponía que iba a olvidar el pasado si ella no podría vivir ni un día más?

Sé que todo está siendo muy apresurado, pero quería que fueras de los primeros en saber nuestra no-

ticia y lo mucho que nos queremos. Sé que esta vez
es de verdad.

Daniel contuvo una carcajada. No dudaba que
Fletcher fuera en serio, pero si estaba enamorado sería de la fortuna de los Caruana. ¿Cuándo aprendería
su hermana que eso era lo que los hombres busca-
ban? Sobre todo los hombres como Fletcher.

Pero pronto vería la luz, igual que había hecho en
otras ocasiones. Tan pronto como él se deshiciera de
ese cazafortunas.

Ojalá hubiera podido darte la noticia personal-
mente, pero estabas de viaje, y Jake me ha invitado
dos semanas a Honolulú como regalo de boda sor-
presa y no tuvimos tiempo de pasar a verte por
Cairns antes de marcharnos.

Él apretó el puño de la mano que tenía libre y
tragó saliva. La idea de que su hermana pequeña estuviera con aquel hombre hacía que quisiera tomar
un vuelo a Honolulú y sacarla de allí antes de que ese
bastardo la dejara embarazada.

¿O era ésa su intención? ¿Consumar el matrimonio antes de la ceremonia?

Daniel negó con la cabeza. Haría falta algo más
que un bebé para que ese matrimonio continuara adelante. El infierno se congelaría antes de que él permitiera que alguien como Fletcher se casara con su
hermana.

Monica tenía veintiún años así que no podía hacer
que regresara a la fuerza pero, desde luego, no estaba
dispuesto a apoyarla y a permitir que la acorralaran

respecto a ese matrimonio. Ni mucho menos. Leyó las últimas líneas.

Por tanto, le he pedido a nuestra organizadora de boda que vaya a visitarte. Se llama Sophie Turner y se ha convertido en algo más que una amiga. Más adelante te contaremos todos los detalles.
Entretanto, ¡sé amable con ella!

Su hermana se despedía prometiéndole que le enviaría una postal desde Waikiki Beach. Pero no fue eso lo que llamó su atención, sino la parte en que le pedía que fuera amable con ella.

¿Es que su hermana pensaba que era un ogro?

No era un ogro. Era su hermano y un hombre de negocios. Un hermano que quería proteger a su hermanita de todos aquellos que querían aprovecharse de ella y de la fortuna familiar.

Él era precavido. Y protector.

¿Eso lo convertía en ogro?

Por supuesto que recibiría a Sophie Turner. Y sería amable con ella, tal y como le había pedido su hermana. La invitaría a pasar, escucharía su perorata y la despacharía.

Porque no necesitarían sus servicios. Mientras él estuviera vivo su hermana no se casaría con Jake Fletcher.

Agarró el teléfono que había abandonado sobre la mesa y dijo:

–Haz pasar a la señorita Turner.

Capítulo 2

SOPHIE estaba sentada en la sala de espera con la carpeta de piel que contenía todos los detalles de la boda de Monica y Jake sobre las rodillas. Se fijó en que la secretaria se había sonrojado cuando ella le había pedido que llamara a su jefe por segunda vez en menos de un minuto. Era evidente que lo que había leído en Internet acerca de que Daniel Caruana tenía fama de tipo exigente era cierto. La chica se había quedado petrificada.

Sophie habría preferido no tener que insistir para que la chica llamara, pero no estaba dispuesta a perder el día entero viajando entre Brisbane y Cairns sin conseguir su objetivo, y menos cuando Monica le había dicho que la cita estaba concertada y que ambos confiaban plenamente en ella.

Al parecer, Daniel protegía en exceso a su hermana pequeña y, puesto que prácticamente la había criado después de la muerte de sus padres, él se tomaría la noticia de boda con poco entusiasmo. Sobre todo, teniendo en cuenta que Jake y Daniel no se habían llevado demasiado bien mientras estudiaban en el instituto, algo que Jake había admitido cuando intentaba explicar por qué Daniel no se había molestado en devolverle las llamadas.

Sophie intuía que debía de haber pasado algo muy

grave entre ellos para que Daniel ni siquiera quisiera hablar con él. Ella había sugerido que Monica y Jake fueran a visitar a Daniel pensando en que él no podría negarse a ver a Jake si Monica estaba con él, pero a Monica se le había ocurrido lo que consideraba era una opción más diplomática.

Le daría la noticia a su hermano por correo electrónico y después se marcharía con Jake durante dos semanas mientras Sophie se encargaba de repasar los detalles de boda con Daniel. Cuando la feliz pareja regresara de Hawái, Sophie lo tendría todo preparado y Daniel habría asimilado que su hermanita era una mujer adulta que podía decidir si quería casarse y con quién.

Monica le había dicho que era algo sencillo.

Se había despedido de ella dándole las gracias con un fuerte abrazo. Monica parecía tan ilusionada que Sophie no había insistido en que debían ser ellos los que visitaran a Daniel para solventar los problemas cara a cara y había aceptado sin objetar.

Sin embargo, le parecía una locura. Consciente de que iba pasando el tiempo mientras la secretaria esperaba una respuesta, comenzó a juguetear con la carpeta para calmar sus nervios.

Un hombre que podía hacer temblar a su secretaria con un par de palabras, debía ser tal y como Monica imaginaba que era su hermano. Pero en algún momento tendría que conocer a aquel hombre, sobre todo teniendo en cuenta que prácticamente eran parientes.

¡Qué ironía! Siempre había deseado tener una familia y retomar la relación con Jake después de muchos años separados había sido estupendo, a pesar de que había sido necesaria la muerte de su madre para que los hermanos se reencontraran. Parecía que su pequeña familia estaba a punto de ampliarse. Mónica era un encanto. Ambas se habían llevado muy bien desde el primer día y ella no podía imaginar una cuñada mejor.

Pero por algún motivo la idea de ser la cuñada de Daniel no la entusiasmaba de la misma manera. Eso era lo malo de las familias, no siempre se puede elegir a los parientes.

¿Por qué tardaba tanto ese hombre? Ella cruzó las piernas con impaciencia y abrió la carpeta para comprobar que estuviera toda la documentación y volvió a cerrarla. ¡Maldito hombre arrogante! Si se hubiera molestado en hablar con su hermano ella no tendría que estar allí.

—El señor Caruana la recibirá ahora mismo.

Sophie se puso en pie y respiró hondo antes de alisarse la falda y comprobar que su cabello estuviera bien recogido. Daniel Caruana era muy exigente con el aspecto y ella estaba dispuesta a complacerlo. Más tarde, después de la celebración exitosa de la boda entre sus respectivos hermanos y cuando se conocieran mejor, tendrían tiempo de disfrutar en mutua compañía de manera relajada.

Porque aunque la idea le pareciera imposible en aquellos momentos, sería agradable que se pudiera llevar bien con el hombre que pronto se convertiría en su cuñado.

Aunque considerando lo que había visto acerca de Daniel Caruana hasta ese momento no estaba muy convencida.

Le dio las gracias a la secretaria y se fijó en que

sonreía aliviada por no tener que llamar a su jefe por tercera vez. Sophie llamó a la puerta y entró en el despacho más grande que había visto nunca.

¿Todo ese espacio para una única persona? «A lo mejor también tiene que acomodar su ego», pensó ella. En cualquier caso había aceptado recibirla, aunque hubiese tardado una eternidad en decidirse, así que a lo mejor todavía tenía arreglo.

Sophie forzó una sonrisa y dijo:

–Señor Caruana, es un placer conocerlo.

Él estaba dándole la espalda, de pie junto al ventanal que ofrecía la mejor vista de la playa de Queensland, con los brazos cruzados y las piernas separadas.

Sophie no pudo evitar fijarse en sus anchas espaldas.

En sus caderas estrechas.

Y en su largas piernas.

Entonces, él se volvió y ella pestañeó, preguntándose qué era lo que no se reflejaba en las fotos que había visto en Internet. Por supuesto mostraban su cabello negro y alborotado, su mirada de acero y sus labios carnosos. Quizá mostraran también el aura de poder, éxito y masculinidad que desprendía, pero no enseñaban su capacidad para conseguir que el más leve movimiento se pareciera al de un depredador.

Él la miraba con la cabeza inclinada y los ojos entornados, como si pasara por alto toda la profesionalidad que intentaba aparentar y viera a la hermana nerviosa del novio que era en realidad.

–¿Es un placer?

Quizá no. No era que él estuviera esperando una respuesta. Ella tenía la sensación de que Daniel Caruana no estaba acostumbrado a esperar por nada.

–¿Quería verme?

Ella tragó saliva y contestó.

–Por supuesto –se movió hacia él y le tendió la mano–. Soy Sophie Turner, de *One Perfect Day*. Un día perfecto para crear recuerdos durante toda una vida.

La frase publicitaria de su empresa se le escapó de la boca antes de poder evitarlo. Se sentía orgullosa de su negocio y de todo lo que había conseguido. Creía que podía ofrecerles a sus clientes la boda perfecta pero, en aquella oficina, enfrentándose a aquel hombre sus palabras parecían manidas y sin sentido.

Él la miró durante un instante y finalmente aceptó su mano provocando que se estremeciera. Ella respiró hondo e inhaló su aroma masculino. Le apretó la mano, tratando de ignorar cómo estaba reaccionando ante el contacto con su piel.

–Monica me ha hablado mucho de ti. A ella le hubiera gustado venir a verte en persona para contarte sus planes pero…

–¿Pero de pronto se la han llevado a Hawái? –preguntó él–. ¿El último hombre del que se ha enamorado?

Había tensión en su tono de voz y su mirada reflejaba cinismo.

«Ese hombre es mi hermano y quiere a Monica tanto como ella lo quiere a él», deseó decir ella. Pero sólo podía centrarse en la mano que seguía agarrándose a él.

Una ola de calor invadió su cuerpo. Retiró la mano y tuvo la sensación de que él se resistía a soltarla. Se preguntaba si lo habría imaginado.

Ojalá fuera así.

Miró a su alrededor y vio que en la sala contigua había tres asientos de piel colocados en forma de U alrededor de una mesa de café.

–¿A lo mejor podemos sentarnos allí? –sugirió ella–. Así podré contarle los planes de Monica y Jake.

Sophie ya se había sentado, tenía el maletín a su lado y estaba abriendo la carpeta cuando se percató de que él seguía de pie, con los labios fruncidos y una falsa sonrisa.

–A lo mejor –dijo él, encogiéndose de hombros y sentándose a su lado.

A él le gustó ver cómo ella se encogía contra el reposabrazos, sobre todo después de que él se inclinara hacia ella y apoyara el brazo en el respaldo de la butaca. Ella se acurrucó aún más contra la esquina del sofá y se concentró en revisar el contenido de la carpeta que tenía en las rodillas.

–Tengo algunos folletos –murmuró con dedos temblorosos.

Estaba muy nerviosa.

A él le gustaban las mujeres que se ponían nerviosas. Así se mantenían a la defensiva, tal y como él quería. A menos que estuvieran en la cama, ya que allí le gustaban las tigresas.

¿Y aquella señorita Turner, con aspecto recatado, sería una tigresa en la cama?

Se tomó su tiempo para mirar a la mujer que tenía a su lado de arriba abajo. El vestido abotonado de seda azul que llevaba tenía un escote modesto y no revelaba gran cosa, pero le daba la sensación de que bajo la tela se ocultaba un cuerpo con pechos del tamaño adecuado, cintura estrecha y piernas esbeltas.

Además, tenía los pómulos prominentes, la nariz recta y los labios sensuales…

Él frunció el ceño. No recordaba su nombre, pero había algo en ella que le resultaba familiar. Enseguida descartó la idea. Conocía a muchas mujeres y estaba seguro de que si se hubiera encontrado anteriormente con ella no habría permitido que se escapara sin conocerla mejor.

A menos que estuviera fuera de su alcance. Nunca se acercaría a la mujer de otro hombre.

–Señorita Turner, ¿está casada, o comprometida?

–¿Por qué lo pregunta? –lo miró, y se le cayeron un par de folletos en el regazo.

Él sonrió y recogió los folletos, satisfecho de que ella temblara ligeramente cuando él le rozó las piernas con el dorso de la mano. No fue más que un ligero contacto a través de la tela de la falda, pero suficiente para provocar el tipo de reacción al que estaba acostumbrado.

–Trabaja en el negocio de las bodas. ¿No cree que alguien que haya estado casado comprendería mejor lo que una novia desea para hacer que su día sea perfecto? Si no, ¿de qué otro modo podría saberlo?

–Ah, ya veo, yo… –se puso colorada.

Él contuvo una sonrisa. «Sin duda está muy nerviosa». ¿Imaginaría ella cuáles eran sus verdaderos motivos para averiguar su estado civil?

–No funciona de esa manera –continuó ella, recogiendo los folletos–. He organizado más de cien bodas hasta el momento. Se lo aseguro, tengo bastante experiencia como para asegurarle que la boda de Monica saldrá estupendamente. Ahora…

–Así que no está casada.

Ella pestañeó y él se fijó en sus largas pestañas. ¿Sabía que tenía un aspecto muy sexy e inocente cuando hacía eso? Suspiró.

–¿He dicho que no estoy casada?

–Lo ha insinuado, estoy seguro.

Ella se mordió el labio inferior y frunció el ceño. Después negó con la cabeza.

–¿Y es importante?

–En realidad no. Sólo es curiosidad.

–En ese caso, sin duda estará impaciente por saber cuáles son los planes de boda de Jake y Monica.

«*Touché*», pensó él, reconociendo su agilidad mental para retomar el tema de la boda. Pero no era ahí donde él quería llegar.

–De hecho, no. Prefiero hablar de usted.

Ella lo miró un instante boquiabierta.

–Señor Caruana –dijo al fin–, no creo que…

Llamaron a la puerta y ambos se volvieron para ver a la secretaria.

–Siento interrumpirlos, señor Caruana. ¿Quiere que traiga café o te?

–No, gracias. La señora Turner estaba a punto de marcharse. Dígale al chófer que la espere en la puerta.

Él se puso en pie cuando la chica asintió y cerró la puerta.

–Pero señor Caruana, apenas hemos comenzado. Ni siquiera hemos hablado de la fecha de la boda.

–Ah, debe haber un motivo para eso –se disponía a agarrar el pomo de la puerta para preparar su salida–. Y debe ser que no es necesario que lo hablemos –abrió la puerta y esperó–. Sería una pérdida de tiempo. Y en mi trabajo, supongo que igual que en el suyo, el tiempo es dinero.

Ella negó con la cabeza y se sonrojó.

—Estamos hablando de la boda de su hermana. ¿Está seguro de que no quiere apoyarla en el día más importante de su vida?

—¿Por quién me ha tomado? Claro que no soy tan insensible. Mi hermana, y su felicidad, es lo que más me preocupa.

—¿Entonces por qué no quiere hablar de los planes de boda?

—Hay una explicación muy sencilla para eso, señorita Turner, una explicación que no se ha planteado. Resulta que no va a haber boda.

Capítulo 3

NO IBA a celebrarse la boda? Ella había averiguado que Daniel Caruana era conocido por ser uno de los magnates más despiadados de Far North Queensland, famoso tanto por su capacidad para ganar millones como por su capacidad para derrocar a cualquier oponente. Así mismo, Jake le había advertido que Daniel Caruana era muy protector con su hermana pequeña y que quizá no aceptara el hecho de que ella hubiera decidido casarse de forma repentina.

–¿Es eso? –preguntó ella con decisión, enderezando los hombros mientras se ponía en pie–. Supongo que Monica y Jake tendrán algo que decir al respecto.

–Y yo supongo que mi hermana pronto entrará en razón y esta tontería de la boda no será más que un recuerdo lejano. Y en ese caso, siento decir que me temo que sus servicios ya no serán necesarios.

De algún modo, ella consiguió poner una sonrisa. No había perdido un día para ir hasta allí y que él no la recibiera. Tampoco para que la despachara sin escuchar lo que tenía que decir.

–Señor Caruana –dijo permaneciendo en su sitio y abrazando la carpeta contra su pecho–. Hablando en claro, no creo que Monica y Jake consideren que es una tontería. Sin duda, ambos se ofenderían de que usted lo vea de esa manera. Igual que yo.

Él miró el reloj, tratando de aparentar que estaba impaciente y aburrido.

–¿Es todo lo que tiene que decir antes de marcharse?

–No, no lo es. Aunque sea capaz de echarme de su despacho y de continuar viviendo en su precioso mundo, algún día tendrá que enfrentarse al hecho de que su hermana es una mujer adulta y que pronto se casará con Jake, con o sin su aprobación, y como bien sabe, teniendo en cuenta la edad que tiene Monica, ella no la necesita. Por supuesto, no hace falta que le diga que ella sería más feliz si usted decidiera apoyarla en este momento, uno de los más importantes de su vida, y que la boda continuará adelante le guste o no. En ese caso, quizá fuera más fácil para todos que aceptara el hecho y no se resistiera más, ¿no cree?

Ella deseaba relajarse después de terminar su improvisado discurso, pero no hubo respiro ya que él la miraba fijamente y con expresión de furia.

En el exterior, el sol seguía brillando en el cielo azul, sin embargo, en la temperatura interior era heladora.

De pronto, la puerta se cerró de un portazo provocando que las paredes temblaran y que Sophie se sobresaltara. Daniel se dirigió furioso hacia el ventanal. Al instante, se detuvo y se volvió.

–¡No tengo que aceptar nada! ¡Y menos cuando no habrá boda!

–¿De veras cree que puede impedirlo? –ella negó con la cabeza, percatándose de que no tenía sentido discutir y que sería mejor tratar de convencerlo–. Mire, señor Caruana, Monica y Jake se adoran. Debería verlos juntos, son la pareja perfecta.

Daniel golpeó el escritorio con la palma de la mano.

–¡Ella no ama a ese hombre!

–Eso no lo sabe usted.

–¿Cree que no conozco a mi hermana? A Monica le gusta pensar que está enamorada. Siempre le ha gustado. Siempre ha estado enamorada de los cuentos de hadas. Enamorada de la idea de estar enamorada, siempre buscando un caballero de lustrosa armadura que fuera a rescatarla. Pero si hay algo que mi hermana no necesita es ser rescatada. Por nadie.

¿No? Con un hermano como él la idea de que la rescatara un caballero de lustrosa armadura parecía razonable.

–No estoy hablando de cuentos de hadas, señor Caruana. Estoy hablando de amor. De un amor profundo y duradero –dudó un instante–. Por su manera de reaccionar deduzco que ese concepto no le resulta familiar.

Daniel apretó los dientes y exclamó.

–¡Hablo de realidades! –y comenzó a pasear de un lado a otro.

Sophie no pudo evitar fijarse en cómo sus pantalones se ceñían a la musculatura de sus piernas y a su trasero.

–¿Cuál cree que es el valor de mi hermana? –se volvió tan deprisa que ella tuvo que mirar hacia otro lado–. ¿Cuántos millones?

Sophie se encogió de hombros.

–¿Y eso por qué es importante? –ella nunca se había planteado esa pregunta.

–¿De veras es tan ingenua, señorita Turner? –se acercó a ella.

Tanto que Sophie experimentó una fuerte tensión entre ambos que provocó que se le endurecieran los pezones.

–¿Tiene idea de cuántos hombres han aparecido buscando a mi hermana, confiando en encontrar así el camino hasta la fortuna de los Caruana?

Ella se esforzó para concentrarse en sus palabras en lugar de en las sensaciones de su cuerpo. Alzó la barbilla y dijo:

–¿Y sabe que ése era su motivo por que…?

–Porque en cuanto recibieron un cheque se dieron por vencidos y abandonaron.

Ella se quedó sin habla durante un momento.

–¿Les pagó? –se cubrió la boca con la mano.

Monica había mencionado que nunca había tenido una relación larga y que más de una vez la habían dejado de golpe. También, que sentía que Jake era diferente. Sophie nunca imaginó que hubiera algún motivo oscuro.

–¿Pagó a los novios de su hermana para que la dejaran?

–Y lo hicieron. Lo que demuestra mi teoría, ¿usted no diría que sólo la querían por su dinero?

Ella lo miró a los ojos y al ver su frialdad se estremeció.

No dudaba que él pensaba que hacía bien al proteger la fortuna familiar, pero no se daba cuenta de que al hacerlo su hermana pensaba que ella tenía algún problema y que nunca conseguiría una pareja.

–Debería alegrarse de que su hermana haya encontrado a alguien que aprecie lo especial que es.

–Oh, Fletcher sabe que ella es especial. Tan especial como una cifra de ocho números. ¿Si no por qué iba a haberse fijado en ella?

–Porque la quiere.

–Entonces, si la quiere tanto ¿por qué está tan desesperado por casarse? ¿Tiene miedo de que cambie de opinión y perder la oportunidad de tener una fortuna? ¿O es que no puede esperar para ponerle las manos encima? ¿Si es que todavía no se ha aprovechado de ella?

–Es repugnante –dijo ella, pensando en cómo llegar al aeropuerto para tomar un vuelo a Brisbane–. No es un hermano. Es una especie de monstruo.

–¿Más monstruoso que los hombres que quieren aprovecharse de la fortuna de Monica fingiendo que la quieren?

–No sabe si iban detrás de su dinero. Probablemente estaban demasiado asustados como para discutir. Lo siento, he perdido…

Él la agarró del brazo para evitar que se marchara.

–Sin embargo, usted no está demasiado asustada como para discutir, ¿verdad, señorita Turner? ¿Cómo es eso? ¿Teme quedarse sin su comisión?

–¿Eso es a lo que se reduce todo para usted, señor Caruana? ¿Al dinero? ¿De veras cree que todo el mundo está motivado gracias al dinero? Bueno, a lo mejor debería pensarlo de nuevo. Y así, quizá, dejará de juzgar a todo el mundo según sus bajos estándares.

Ella retiró el brazo para marcharse. Necesitaba salir de allí.

–Tengo que irme.

–¿Para qué? ¿Para poder advertirle a Fletcher que

le haré una oferta? ¿Para avisarle de que debería pedirme más? Recuerde mis palabras –continuó Daniel–. Fletcher tendrá un precio, como todos los demás.

–Oh, no –negó con la cabeza. No iba a permitir que Daniel metiera a su hermano en el saco de los cazafortunas–. Jake no es así, a pesar de que otros lo fueran, y no me ha dado ninguna prueba de ello. Jake no está interesado en el dinero. Quiere a Monica.

–Por supuesto que sí. ¿Hace cuánto tiempo que se conocen? ¿Dos semanas? ¿Un mes?

–Algunas personas no necesitan tanto tiempo para saber que la persona con la que están es con la que quieren pasar el resto de sus días.

–¿Ah, no? Ahora me dirá que cree en el amor a primera vista.

–A veces sucede.

–Claro, qué iba a decir usted, si es su trabajo. Quiere que la gente se case, pero no le importa si permanecen casados.

Sophie se volvió hacia la puerta.

–Me marcho. No tengo por qué aguantar esto.

Pero él se había colocado delante de ella, bloqueándole la salida. Su mirada oscura y retadora podía provocar que se revolucionara por dentro. Una mirada que transmitía cosas que no tenían sentido, pero que conseguía que se pusiera alerta.

Entonces, él sonrió y le acarició la mejilla provocando que ella se estremeciera.

–Si ahora mismo le dijera *cásate conmigo*, ¿aceptaría? –le acarició la barbilla con el dedo pulgar.

Ella no pudo evitar suspirar.

–Señor Caruana… –tragó saliva.

–Daniel –dijo él, con un tono suave y seductor–. Ya basta de llamarme *señor Caruana*. Llámame Daniel. Y yo te llamaré Sophie.

–Señor Caruana –dijo ella otra vez–. Daniel –se humedeció los labios. El nombre le parecía demasiado informal, demasiado íntimo, ¿o era la manera en que sus ojos brillaban cuando él miraba cómo ella pronunciaba su nombre?

Él colocó la mano sobre la nuca de Sophie y la atrajo hacia su boca.

–¿Cuál sería tu respuesta?

Todo aquello tenía algún sentido, pero Sophie no conseguía descifrar cuál era. Debido a su embriagador aroma masculino no era capaz de comprender lo que le estaba preguntando, pero sabía que no debería estar sucediendo. Trató de aferrarse a ese pensamiento lógico, incluso cuando él la besó en los labios con delicadeza.

De pronto, recordó por qué estaba allí. Y no era para dejarse seducir por el hombre que se oponía al matrimonio de su propia hermana. Lo empujó con una mano tratando de no reparar en el tacto de su torso musculoso.

–Señor Caruana –suplicó en tono formal para poner distancia entre ambos–. Esto es ridículo. Apenas nos conocemos.

Él la soltó y se separó de ella.

–Exacto –dijo él con tono enfadado. Estaba de espaldas a ella, mirando por la ventana y pasándose las manos por el cabello–. Apenas nos conocemos. Sin embargo, te parece razonable que mi hermana se case con alguien que apenas conoce desde hace un mes.

–A lo mejor Jake no la atacó el primer día que se conocieron.

Él se puso tenso y ella se arrepintió de sus palabras al ver que se volvía, incluso antes de fijarse en
su intensa mirada.

—Créeme, si te hubiera atacado te habría dejado
marcas que lo demostraran.

Ella se estremeció y tuvo que esforzarse para di-
simular. Debía salir de allí cuanto antes. Se suponía
que era una profesional organizando bodas, y las pro-
fesionales no se liaban con los familiares de los clientes a los que les estaba preparando la boda. Ni aunque el novio fuera su hermano. Sobre todo cuando el
novio era su hermano.

—Como ya te he dicho, tengo que irme.

Estaba sonrojada, tenía el pelo alborotado, allí
donde él la había sujetado y lo miraba como si tuviera
miedo de que él la besara otra vez.

¿Por qué lo había hecho? Él quería demostrarle lo
ridículo que era que una pareja se casara cuando apenas no se conocía. Sin embargo, se había perdido en
algún lugar entre la curva sensual de su mejilla y su
dulce aroma de mujer.

—Hay un coche esperando para llevarte al aeropuerto.

Ella asintió y se inclinó para agarrar el maletín sin
dejar de mirar a Daniel, como para cerciorarse de que
él no iba a atacarla de nuevo. Después, se dirigió a la
puerta.

A mitad de camino, se volvió.

—Siento lástima por ti, de veras. Pero más lástima
me da Monica, que cree que su hermano es maravilloso. Ella piensa que la quieres y que participarás en
sus planes de boda, cuando en realidad lo único que
quieres es mantenerla encerrada y apartada del mundo.

–Quiero lo mejor para ella.

–No, no es cierto. Quieres lo mejor para ti. Lo más fácil. De hecho, la felicidad de Monica no te importa nada. Bueno, lo único que puedo decir es que es afortunada por haber encontrado a alguien como Jake, con suficiente valor para enfrentarse a un hermano autoritario. Lo necesitará.

Sus palabras permanecieron en su cabeza. Una vez más, ella trataba de defender lo indefensible. Una vez más actuaba como si Fletcher fuera la parte afectada de todo aquello. Fletcher era su cliente, pero por la manera en que salía en su defensa cada vez que él mencionaba su nombre, cualquiera pensaría que estaba enamorada de él.

Estaba a punto de abrir la puerta cuando él encontró las palabras adecuadas.

–No conoces nada acerca de Fletcher. ¿Por qué insistes en defenderlo?

Ella se detuvo con la mano sobre el pomo. Él se fijó en que suspiraba antes de mirarlo mientras abría la puerta.

–¿Y por qué no iba a defenderlo? Después de todo, es mi hermano.

Capítulo 4

FLETCHER era su hermano? Sophie desapareció antes de que él pudiera reaccionar. La noticia lo había dejado de piedra. No recordaba que Fletcher hubiera tenido ninguna hermana. O por lo menos no lo recordaba. Daniel siempre estaba muy ocupado enfrentándose al chico que insistía en ser tan bueno o mejor que él. Fletcher trataba de demostrarlo a cada oportunidad. Además, ella había dicho que se apellidaba Turner, ¿o eso era parte de la estrategia?

Nada tenía sentido.

Nada excepto la idea de que debía haber manejado su encuentro mucho mejor. Y lo habría hecho, si el correo electrónico de su hermana que había recibido por la mañana no lo hubiera descolocado.

Y encima, le parecía que la reunión había salido mil veces peor de lo que creía. Porque Sophie Turner no era sólo una organizadora de bodas, sino también la hermana de Fletcher.

Ella debería de habérselo dicho. Él miró por la ventana hacia la calle y al ver que el coche se incorporaba al tráfico y desaparecía, blasfemó en voz baja.

Por supuesto, no se lo había dicho. Era probable que ella estuviera metida en el ajo, que su profesión no fuera organizar bodas y que no fuera más que una intermediaria dispuesta a cobrar su parte por hacer que los planes de boda parecieran reales. A esas alturas estaría hablando con Fletcher, contándole que posiblemente recibiría una oferta y aconsejándole que esperara a recibir una mejor.

¿O podría ser que Monica y Fletcher estuvieran volando todavía?

A lo mejor aún quedaba tiempo.

Agarró el teléfono y marcó el número del jefe del equipo de seguridad.

–¿Jo? Soy Caruana –dijo cuando contestaron–. Quiero que averigües todo lo que puedas acerca de un negocio que se llama *One Perfect Day*, y de una tal Sophie Turner que supuestamente trabaja allí. Quiero todos los datos acerca de la situación financiera, los contactos personales y la historia, así como los detalles acerca de los familiares de los empleados. Lo más pronto posible.

–Lo haré. ¿Deduzco que pronto habrá que darte la enhorabuena?

A nadie más le habría tolerado esa pregunta, pero Jo llevaba con él casi desde el principio, desde los días en que iban juntos al instituto.

–No. Pero al parecer Jake Fletcher ha atrapado a Monica. Están hablando de boda y Sophie Turner dice ser la organizadora.

–¿Fletcher ha regresado? ¿Quieres que me encargue de él, jefe?

Daniel había imaginado que reaccionaría así. Joe odiaba a Fletcher tanto como él. Pero había sido Jo quien lo había estado esperando en el aeropuerto cuando Daniel regresó de Italia para asistir al funeral de Emma. Había sido él quien había evitado su derrumbe cuando se enteraron de los resultados de la autopsia. Y quien lo había detenido para que no entrara en la habitación de hospital que ocupaba Fletcher y le quitara el equipo de respiración artificial.

Agradecía su lealtad, pero ya habían pasado los días en que solucionaba los enfrentamientos con los puños. Prefería emplear un método más sutil, aunque fuera más caro. Además, podía permitírselo.

–Él ya se ha largado llevándose a Monica a Hawái, y dejando a la organizadora de bodas para convencerme de que la boda es legítima.

–¡Y un infierno, legítima! De acuerdo, jefe. Me pongo en ello.

–Jo, hay algo más que deberías saber.

–¿El qué?

–Sophie Turner, la organizadora de bodas, dice que es la hermana de Fletcher.

Jo silbó entre dientes.

–No sabía que Fletcher tuviera una hermana.

–Yo tampoco. Ésa es una de las cosas que quiero que compruebes. Si no es su hermana, probablemente forme parte de algún acuerdo para hacerlo desaparecer. Y si es su hermana…

–Conociendo al canalla de su hermano, probablemente sea aún menos de fiar.

–Exactamente lo que estaba pensando –dijo Daniel antes de colgar.

Fletcher debía de haberse llevado a Monica a Hawái por dos motivos. Primero, para asegurarse de que nadie iría a Brisbane mientras él estuviera allí y la obligara a regresar a Cairns para convencerla de que no cometiera el mayor error de su vida y, segundo, para atraparla aún más en su trampa.

Entretanto, la dulce señorita Turner tenía el papel de hacerle creer que la boda era real, sin duda con la esperanza de evitar que le ofreciera cualquier compensación económica a Fletcher.

Pero si ella le había contado la verdad, había tenido a la hermana de Fletcher en su despacho y la había dejado escapar. ¡Cielos! Incluso la había tenido entre sus brazos y la había besado. A la maldita hermana de Fletcher. ¿En qué estaba pensando?

«Pero no estaba pensando, no más allá de la perfección de su piel, del azul de sus ojos, y del embriagador aroma a mujer que desprendía».

Y pretendía demostrarle la irracionalidad de que las cosas sucedieran demasiado deprisa. Si ella no lo hubiera detenido, si no lo hubiera retirado, él dudaba de que hubiera podido detenerse. Desde luego, no estaba pensando con claridad.

Pero sí pensaba con claridad en esos momentos.

Pronto Fletcher estaría sentado en la suite de un hotel de cinco estrellas esperando a que su hermana le contara cuál había sido la reacción de Daniel, frotándose las manos con júbilo mientras esperaba que le llegara una oferta interesante para hacerlo desaparecer.

Lo último que esperaría sería que Daniel entrara en el juego. Si Fletcher quería jugar a llevarse a su hermana, ¿por qué Daniel no podía hacer lo mismo?

Quizá debería «llevarse» a Sophie Turner durante el tiempo que fuera necesario.

Y desde luego no permitiría que se marchara de nuevo hasta que no supiera que Moni estaba a salvo.

Miró el reloj. Deberían de estar llegando al aeropuerto. La señorita Turner debía de estar pensando que se marchaba a casa.

Él agarró el teléfono otra vez, marco un número y sonrió.

–Cedric, ha habido un cambio de planes…

Sophie se recostó contra el asiento de piel y trató de relajarse. Había estado a punto de rechazar al coche que la estaba esperando al salir del edificio. Ya había tenido suficiente por un día, y no quería saber nada más acerca de Daniel Caruana y su entorno. Pero el conductor la había recibido con una amplia sonrisa y no encontró motivos para ser desagradable con aquel hombre inocente. Además, cuanto antes llegara al aeropuerto más oportunidades tendría para tomar un vuelo de regreso a Brisbane.

Suspiró y cerró los ojos preguntándose qué iba a decirle a Jake y a Monica. Daniel ni siquiera le había permitido explicarle los planes de la boda ni el hecho de que nadie esperaba que fuera él quien asumiera los gastos.

Sophie se masajeó la frente para tratar de calmar la tensión que sentía. ¿Cómo diablos pensaba Jake que ella podría convencer a alguien como Daniel Caruana de que la boda era una buena idea? ¿Y cómo iba a decirle que no había podido desempeñar su papel de intermediaria?

Abrió los ojos a tiempo de ver el desvío para el aeropuerto James Cook. Suspiró aliviada. Al menos, pronto estaría lejos de allí. Lejos de Daniel Caruana, el hombre que podría ser su cuñado.

El hombre que había estado a punto de besarla…

Cerró los ojos con fuerza tratando de borrar el recuerdo, pero todavía podía sentir el roce de sus labios y oler su aroma masculino mientras recordaba cómo sus dedos la sujetaban del cabello para girarle la cara hacia la suya.

Y cuando él le dijo que si la hubiera atacado le habría dejado marcas para demostrarlo… Oh, cielos. Sophie respiró hondo. Afortunadamente había conseguido marcharse antes de quedar como una auténtica idiota.

¿Qué sentido tenía todo aquello? ¿Intentaba convencerla de que era el amante apasionado que decían los periódicos? ¿O simplemente había estado jugando con ella antes de echarla?

En cualquier caso, era evidente que el hombre no tenía conciencia. Se alegraba de no tener nada más que ver con él. Al menos, no hasta la boda, si es que él se molestaba en aparecer.

Entonces, ella sonrió al recordar cómo, justo antes de marcharse, le había dicho que era la hermana de Jake. No podía olvidar la cara de sorpresa que había puesto Daniel al oír sus palabras.

Así que quizá no hubiera conseguido convencerlo para que diera su aprobación a la boda de su hermana pero, al menos, había sido ella la que había tenido la última palabra.

Sophie abrió los ojos, al oír que el conductor estaba hablando por el dispositivo de manos libres. Miró a su alrededor. Estaban en la zona donde los vehículos se paraban para que bajaran los pasajeros. Ella se preparó para salir. Sin embargo, el conductor no se detuvo y continuó la marcha.

–Hay un sitio ahí –dijo ella, señalando a la izquierda.

–Lo siento, señorita –dijo el conductor mirándola por el retrovisor–. Ha habido un cambio de planes.

–No, tengo que tomar un vuelo –miró hacia el aeropuerto y se estremeció con cierta sensación de miedo.

–¿No se lo ha comentado el señor Caruana? –preguntó el conductor mientras se incorporaba a la carretera de salida del aeropuerto–. Al parecer, se marchará en helicóptero.

–¿Qué? No –un sentimiento de rabia se apoderó de ella. Sacó su PDA y buscó el número de Daniel–. No, el señor Caruana no me ha dicho nada.

El señor Caruana seguía sin decirle nada. La joven secretaria le había dicho que él no estaba en la oficina y que si quería podía dejarle un mensaje.

Sophie decidió no hacerlo. Sería mejor decírselo cara a cara. Estaba segura de que tendría la oportunidad de hacerlo en algún momento.

Llamó a su oficina en Brisbane, algo que había pensado hacer en cuanto hubiera confirmado su vuelo.

–Meg –dijo en cuanto contestó su secretaria–. Soy Sophie.

–¿Qué tal ha ido la reunión?

–No tan bien como podía haber salido. Creo que Monica irá sola hasta el altar.

–Oh, siento oír eso. Al menos lo has intentado. ¿A qué hora regresarás?

«Buena pregunta», pensó Sophie, mordiéndose el labio mientras miraba cómo el vehículo se dirigía en dirección contraria al aeropuerto y se preguntaba si debía contarle a Meg lo que estaba sucediendo. Pero ¿qué estaba sucediendo? No era que la estuvieran secuestrando. Tenía su teléfono y podía llamar para pedir ayuda si creía que la necesitaba.

–No estoy segura –contestó–. Puede ser que me retrase. Te lo diré en cuanto lo sepa.

–De acuerdo. Me ocuparé de todo hasta que regreses. Ah, y no olvides que mañana a primera hora tienes esa reunión en Tropical Palms para concretar los planes.

–No te preocupes, Meg –independientemente de lo que Daniel Caruana tuviera planeado, regresaría a Brisbane mucho antes de esa reunión–. No me saltaré esa reunión de ninguna manera. Nos veremos pronto.

Ella colgó el teléfono y miró a su alrededor. Estaban en una zona montañosa y se dio cuenta de que casi habían regresado al cruce de Palm Cove y a la oficina de la que se había marchado cuarenta minutos antes. ¿A qué diablos estaba jugando? Sin duda, no era que él se sentía mal por cómo se había comportado durante la reunión y estaba dispuesto a compensarla llevándola a Brisbane en su helicóptero privado. Ella tragó saliva. Por mucho que ella quisiera regresar a la oficina no estaba segura de que la idea de pasar dos horas o más en una de esas cabinas la volviera loca.

Pero no, los hombres como Daniel Caruana no sentían remordimiento. Era una palabra que no entraba en su vocabulario. Entonces, ¿qué intentaba demostrar?

El nerviosismo se apoderó de ella. Sentía un nudo en el estómago y no le gustaba la idea de empezar a discutir otra vez con aquel hombre, pero si quería pelea, eso es lo que conseguiría.

Porque fuera quien fuera Daniel Caruana, y por mucho dinero que tuviera, no tenía derecho a pisotear los deseos de otros. Ni los de su hermana. Ni los del hermano de Sophie. Y mucho menos los de ella. Tenía el humor perfecto para explicárselo.

Salieron de la autopista y el coche se detuvo en un descampado, no muy lejos del bloque donde estaba la oficina. Allí había un helicóptero rojo en mitad de un círculo blanco con la hélice en funcionamiento. Pero fue la silueta de cabello oscuro, que estaba de pie junto a un coche, la que llamó la atención de Sophie. Él estaba hablando por teléfono, tenía la otra mano en el bolsillo del pantalón y las piernas cruzadas a la altura del tobillo. La camisa blanca que llevaba ondeaba ligeramente con el viento. Él parecía relajado, y no tenía ninguna pinta de ir a disculparse, algo que hacía que Sophie estuviera más enfadada.

Sophie salió del coche y se dirigió hacia él en cuanto se paró el vehículo. Él vio que se acercaba y Sophie se percató de que se fijaba en cada uno de sus pasos a pesar de que él llevaba puestas las gafas de sol.

Se detuvo frente a él, aunque a bastante distancia debido a que él tenía las piernas estiradas.

—¿Te importa decirme de qué va todo esto? Tengo que tomar un vuelo a Brisbane y lo último que necesitaba era que me trajeran aquí sin darme una explicación.

Él dijo algo por teléfono y colgó, lo guardó en el bolsillo de la camisa y metió la mano en el bolsillo del pantalón.

—Señorita Turner —dijo él con una sonrisa—. Me alegra que hayas podido venir.

—Qué descarado. Sabes que no he tenido elección.

—¿Cedric te ha atado y te ha metido en el maletero? —arqueó las cejas—. Debo hablar con él respecto esa técnica. Le he advertido que no trate así a mis invitados —miró a lo lejos y asintió.

Ella se volvió y se fijó en que el conductor asentía también y se marchaba.

–¿Te parece divertido?

–Creo que tu relación es un poco divertida, sí.

–¿Porque me quejo de que mis planes para regresar a Brisbane se vean alterados por un hombre que ha dejado claro que mi presencia no es bienvenida aquí? Tienes un extraño sentido del humor, Daniel Caruana –miró hacia el helicóptero–. ¿Ese cacharro está esperándome para llevarme a Brisbane?

–No era eso exactamente lo que tenía en mente, no.

–Entonces, olvídate de lo que tenías en mente. Haré lo que tenía que haber hecho antes y llamaré a un taxi –sacó el teléfono del bolso, pero al instante se lo retiraron de las manos. Ella se volvió indignada–. ¡Bastardo! ¡Devuélvemelo!

–Ese lenguaje. Debería haberme dado cuenta de que eres la hermana de Fletcher desde el principio.

Ella le dio una bofetada en la mejilla y al sentir el impacto en la mano deseó que a él le doliera al menos la mitad.

–¿Me has hecho volver para seguir insultando a mi familia?

Boquiabierto, Daniel se frotó el rostro.

–Señorita Turner –dijo él, mirándola fijamente–. Sigues sorprendiéndome.

–Siento no poder devolverte el cumplido. Me advirtieron que me encontraría con un bastardo arrogante acostumbrado a mandar. Parece que era cierto. Y ahora… –le tendió la mano–, ¿puedes devolverme el teléfono? Tengo que tomar un avión.

–¿A qué hora es tu vuelo? –preguntó él, agarrando el teléfono con más fuerza.

–¿Y qué más te da?

–Porque donde quiero llevarte está sólo a diez minutos de aquí.

–¿Y por qué iba a aceptar ir a algún sitio contigo?

–¿Ayudaría si te dijera que hoy no te hice el caso que merecías durante la reunión?

–Creo que ambos sabemos que eso es verdad, pero no hacía falta que me trajeras hasta aquí para admitirlo. Podrías haberme llamado. Tengo un teléfono… –miró fijamente la mano con la que él sostenía el teléfono–. O al menos lo tenía.

–Después de que te marcharas se me ocurrió que no podía impedir que mi hermana se casara si eso es lo que realmente quiere.

–Eso no es lo que dijiste antes.

–Escúchame. ¿Quieres decir que a Monica le gustaría que yo asistiera a su boda?

–Monica esperaba que quizá pudieras acompañarla hasta el altar. Cuando salí de tu despacho esa idea no parecía plausible.

–¿No se lo has dicho?

–Todavía no. Todavía estarán de viaje.

Él miró hacia el cielo y suspiró como aliviado mientras se pasaba la mano por el cabello. Sophie se fijó sin querer en su torso musculoso y en la piel color aceituna que se entreveía por el cuello de la camisa. Monica era una mujer menuda comparada con su hermano. Su piel era casi dorada, y la de Daniel más bronceada, como si pasara mucho tiempo tomando el sol sin camisa. Ella tragó saliva. Lo que le faltaba era pensar en Daniel Caruana desnudo.

Pestañeó para intentar dejar de pensar en ello y vio que él la miraba como si fuera un depredador.

Esa mirada duró un instante y se desvaneció antes de que ella mirara a otro lado, fingiendo interés en las palmeras que bordeaban el descampado. Sin duda llevaba demasiado tiempo en Far North Queensland.

–Lo siento –dijo él.

«No tanto como yo», pensó ella antes de darse cuenta de que él hablaba de algo totalmente diferente.

–¿De veras? –era lo último que esperaba oír de él.

Al ver su reacción, Daniel sonrió.

–No acostumbro a disculparme –le dijo–. No me resulta fácil –suspiró y miró hacia el helicóptero levantando la mano con los dedos separados. El piloto asintió y se volvió.

–Pasea conmigo –dijo Daniel, dirigiéndose hacia los árboles–. Deja que te explique. Mira, el correo electrónico de mi hermana Monica me pilló desprevenido. No tuve tiempo de asimilar la noticia antes de que aparecieras en mi puerta. Pero tenías razón. Es la primera vez que parece ir en serio con un hombre, pero tiene veintiún años y no puedo impedir que se case, si es lo que quiere.

–Es lo que quiere.

–Y si eso es así, al menos debería escuchar lo que tienes que decir. Aunque sea por el bien de mi hermana.

Se detuvieron junto a un macizo de flores. Ella se fijó en que él parecía un poderoso y apuesto caballero.

Se estremeció, y para tratar de desviar su pensamiento se volvió hacia el helicóptero donde el piloto los esperaba pacientemente.

–¿Para qué está ahí el helicóptero?

–¿Dónde va a celebrarse la boda?

Ella se quejó en silencio. ¿Es que aquel hombre no podía contestar sin más a una simple pregunta?

–He reservado el club de golf que hay en Gold Coast. Se llama Tropical Palms. Mañana a primera hora tengo que confirmarlo.

–¿Mi hermana va a celebrar la boda en un club de golf? –preguntó él frunciendo el ceño.

–Es todo lo que he podido conseguir con tan poco plazo de tiempo. Tuvimos suerte de que hicieran una cancelación. Y Monica parecía contenta con el lugar –contestó ella, preocupada por darle una buena explicación–. Monica está muy contenta porque lo único que quiere es casarse con Jake cuanto antes.

Sophie se fijó en la expresión de sus ojos y se preguntó qué diablos estaba pasando. ¿A qué se debía ese repentino interés en la organización de la boda? ¿Qué era lo que le había hecho contemplar la posibilidad de aceptar que su hermana se casara?

Sobre todo cuando era evidente que la idea de que su hermana se casara con Jake le resultaba repugnante.

Ella se cruzó de brazos y preguntó:

–¿De qué va todo esto, Daniel Caruana? Y esta vez me gustaría que me dieras una respuesta directa.

Él sonrió.

–Quiero enseñarle una cosa… Un lugar mejor para celebrar la boda de mi hermana.

–Ya te lo he dicho, tenemos un lugar. Monica…

–Tenéis un club de golf.

–Es un centro de celebraciones.

–Está viejo, sobrestimado y no es lo bastante bueno para Monica. Es demasiado popular, demasiado barato.

–Monica y Jake han decidido el presupuesto.

–Como cabeza de familia, debería ser yo quien pague la boda de mi hermana. Eso es lo que la gente espera. Si no, pareceré un rácano.

–Lo siento –ella se volvió. Ya había oído bastante. ¿Había algo más que le importara a aquel hombre que no fuera él mismo y la impresión que causaba?–. Quizá te sorprenda saber que en esta boda no eres el protagonista.

–Puede que no, pero todo el mundo supondrá que soy el que pago. La prensa publicará que Daniel Caruana se gasta menos en la boda de su hermana que en su última amante.

Ella cerró los ojos tratando de no pensar demasiado en cómo sería ser la amante de Daniel Caruana, y no precisamente por el dinero que él les dedicaba. Imaginaba que sería un amante intransigente, duro, exigente y despiadado tanto en el dormitorio como en la sala de juntas. ¿Qué se sentiría al estar tan cerca de él, clavándole las uñas en su torso escultural?

No era que a ella le importara.

«Mentirosa».

Si no le importaba, ¿por qué pensaba en ello? A menos que estuviera recordando el beso delicado que él le había dado y cómo la había hecho temblar.

–No pensé que pudiera importarte lo que otros dijeran, y menos lo que salga en la prensa –dijo ella.

–Hay algunas cosas que son tan íntimas que no tienen lugar en la prensa –dijo él, inclinándose hacia ella con una mirada prometedora y una voz seductora–. Deja que te muestre una alternativa –sugirió él–. Está a diez minutos de vuelo –dijo él–. Nada más.

–Mira, señor Caruana –dijo ella tratando de no

pensar en cómo se había sentido al percibir su mirada–. Ya te he dicho que tenemos una reserva, Daniel. No entiendo por qué insistes.

–Permíteme –dijo él, empleando de nuevo el tono seductor.

Ella pensó que iba a derretirse y miró el reloj, porque sabía que si lo miraba a los ojos estaba perdida. No quería pensar en permitirle nada a Daniel Caruana.

–Cuanto más te resistas, más tardarás en regresar al aeropuerto y en tomar tu vuelo de regreso. Y quieres regresar, ¿verdad?

Ella alzó la cabeza.

–No tengo que ir contigo.

–Te aseguro que si vienes no perderás el tiempo. Durante el camino puedes contarme los detalles que antes no permití que me contaras.

Después de todo, Sophie había ido a Cairns para intentar que asimilara la idea de que Monica y Jake iban a casarse, y si él estaba hablando de la posibilidad de que la boda se celebrara, quizá no fuera una causa del todo perdida.

Si se marchaba de allí sin conseguir que aceptara acompañar a su hermana hasta el altar, ¿qué iba a decirle a Monica y a Jake cuando la llamaran esa noche? ¿Que les había fallado porque tenía miedo del hermano de Monica?

No tenía elección. Todavía le quedaban un par de horas antes de tener que acudir al aeropuerto para tomar su vuelo. ¿Qué importancia tenía que no tomara un vuelo más temprano cuando Monica y Jake confiaban en ella para que la boda tuviera lugar? No podía decepcionarlos.

Alzó la barbilla.

–¿Y a lo mejor incluso puedo recuperar mi teléfono?

–Por supuesto –dijo él, entregándoselo con una sonrisa victoriosa–. Sólo tenías que pedírmelo.

Capítulo 5

SOPHIE llamó a la aerolínea para confirmar el vuelo, asegurándose de que Daniel oía la hora a la que tenía que facturar para que más tarde no pudiera fingir que no lo sabía. No tenía intención de perder el vuelo, y menos cuando no estaba convencida de que fuera necesario hacer ese viaje extra.

Daniel sonrió y se disculpó, alejándose una pizca para hacer una llamada antes de que los dos subieran al helicóptero.

El helicóptero despegó y Sophie sintió un vuelco en el estómago. En la distancia se veían las casas y los edificios, la playa de arena y el mar de diferentes azules.

Era sobrecogedor, casi tanto como el hombre que tenía a su lado y su inesperada disculpa.

Ni en un millón de años hubiera esperado una disculpa por parte de alguien como Daniel Caruana.

A lo mejor era cierto que la noticia de la boda de su hermana lo había pillado desprevenido. Eso tenía sentido. Ella reconocía que también se había sorprendido con lo repentino de la noticia. En cierto modo se había asustado al pensar que perdería al hermano que acababa de recuperar. Fue cuando Monica le dejó claro que nunca permitiría que la excluyeran otra vez de la vida de Jake, y cuando ella comprendió que lo decía en serio, cuando aceptó la noticia.

¿Sería que Daniel también había tenido miedo de perder a Monica?

¿Era por eso por lo que había cambiado de opinión? ¿Porque estaba preocupado por haber puesto en peligro la relación con su hermana al no reconocer su derecho a decidir con quién quería casarse?

¿Quién sabía cómo funcionaba la mente de Daniel Caruana? Después de todo había sido él quien había chantajeado a todos los pretendientes de su hermana. ¿De veras le preocupaba su felicidad?

Además, ella se había percatado de su reacción cuando mencionó el nombre de Jake antes de subir al helicóptero. Era evidente que lo que sentía por su hermano era algo muy cercano al odio. Así que, aunque pareciera más receptivo ante la idea de la boda, nada había cambiado.

Y nada explicaba por qué la había besado. Al pensar en ello le quemaban los labios.

No había sido más que un beso rápido e inesperado, y después le había dado la espalda como si hubiese cometido el error más grande de su vida. ¿Qué podía haber sido aparte de un ataque de testosterona dirigido a demostrarle quién era el jefe?

Y había estado a punto de funcionar.

Notó que le daban un golpecito en el brazo y se sobresaltó, como si hubiera llamado la atención de Daniel con su pensamiento. Se alegraba de que él no pudiera leerlo.

Él gritaba y le señalaba algo, pero ella no podía oírlo debido a los auriculares. Miró hacia donde señalaba y lo comprendió.

En el horizonte se veía una mancha de color verde azulado y ella reconoció el lugar inmediatamente.

Era Kallista. Recordaba haber visto fotos de aquel lugar años atrás en un artículo sobre las propiedades que los famosos tenían en Australia. Nunca había imaginado que algún día iría a visitarlas.

La isla era montañosa y en las orillas se extendían playas de arena blanca y palmeras. Los arrecifes de coral hacían que el azul del mar adquiriera miles de tonalidades diferentes.

Al rodear las montañas vieron un lago de agua cristalina, en la que se veía cómo nadaban los peces donde no había profundidad.

Sophie sintió que le daba un vuelco el corazón.

Era un lugar perfecto.

Y a su lado el campo de golf parecía una mala opción.

¿Quién no preferiría casarse en un lugar paradisiaco como aquél?

Pero tenían una reserva y Monica estaba contenta. Y sería un día perfecto. Sophie se encargaría de que fuera así.

–¿Qué te parece? –preguntó Daniel después de aterrizar, mientras se dirigían hacia un carro de golf que los estaba esperando.

–Es bonito –dijo ella, tratando de no parecer entusiasmada.

–¿Bonito? –repitió él–. ¿No crees que podrías ser un poco más entusiasta?

–Bueno, hay una playa preciosa y montones de palmeras.

–A Monica le encanta esta isla –insistió él–. Siempre ha dicho que le gustaría casarse aquí.

Sophie no lo dudaba. Ya comprendía por qué Monica había recalcado que quería un lugar con palmeras y una bonita puesta de sol. Pero dudaba de que Daniel estuviera realmente convencido acerca de que se celebrara la boda y de ser el anfitrión. Horas antes se había opuesto a la idea de forma vehemente, y sin embargo quería tenerlo todo controlado.

¿Y por qué? ¿Porque estaba tan feliz que quería que la boda de su hermana fuera perfecta? Ella lo dudaba. Había cambiado de opinión demasiado rápido y no era creíble.

Algo tramaba, y ella deseaba poder averiguarlo.

Había una cosa clara, de ninguna manera podía aceptar que Kallista fuera el lugar donde se celebrara la boda. Jake había dejado claro que prefería que el evento tuviera lugar en un sitio neutral.

–De acuerdo, tienes razón, es una isla preciosa. Perfecta si lo que uno quiere es casarse descalzo sobre la arena. Pero ¿respecto a la infraestructura para la boda? –se encogió de hombros–. Para empezar hay que tener un servicio de catering y alojamiento. A menos que se traslade a los invitados en barco o en ese cacharro –dijo mirando al helicóptero–, cada vez que quieran salir de la isla.

–No será necesario –dijo él, dando un golpecito en el techo del carro–. Sube. Dejaré que valores si Kallista tiene la infraestructura necesaria.

Sophie se subió al carro y ni siquiera se molestó en decirle que no era necesario, que al día siguiente pagaría la reserva de Tropical Palms tal y como Monica y Jake habían decidido, y que Daniel Caruana podía irse al infierno. ¿Qué sabía él acerca de lo que necesitaba para organizar una boda? Quizá Tropical Palms necesitara una reforma, pero si pensaba que su hermana estaba dispuesta a casarse en unas carpas y rodeada de mosquitos, se equivocaba.

Arrancaron y recorrieron el camino de arena entre palmeras. Él se había enrollado las mangas de la camisa y su piel bronceada contrastaba contra la tela blanca, haciendo que pareciera un pirata. Pero ella nunca había visto un pirata conduciendo un carro de golf. En ese momento, el carro pisó unos trozos de palmera y ella no pudo contener la risa al sentir los saltitos.

–¿Ocurre algo divertido?

Ella apretó los labios y miró hacia delante.

–Sólo que vi tu coche, el negro que estaba junto al helicóptero…

–¿Y?

–Y es exactamente tal y como imaginaba que sería tu coche.

–Ah, ¿y eso?

–Ya sabes, uno negro y elegante y… –«peligroso», pensó, pero no dijo nada–. Y veloz.

–¿Y eso es divertido?

–Bueno, no, es sólo que… –se calló. Sabía que si seguía hablando admitiría que lo imaginaba como un pirata de verdad. Lo miró de reojo y se alegró de que la sombra del toldo no le permitiera ver que se había sonrojado–. Es sólo que nunca había imaginado a un hombre como tú conduciendo un carro de golf.

Él sonrió y la miró.

–Apuesto a que hay muchas cosas que nunca imaginaste que haría un hombre como yo –la miró a los ojos.

Ella se alegró de que no pudiera leer su pensamiento, porque entonces se enteraría de que lo había imaginado haciendo todo tipo de cosas.

Él se preguntaba en qué estaría pensando ella, e incluso le parecía que se había sonrojado.

–Resulta que me gustan los coches negros, elegantes y veloces –la miró de nuevo–. Pero aquí en la isla es como nos movemos. Siento que esto no sea lo bastante elegante y rápido para ti.

Puso una amplia sonrisa. Ella se sonrojó, pero él sabía que no estaba enfadada. ¿En qué había estado pensando? Sabía que no era la mujer mojigata y solterona que quería aparentar. Entre sus brazos había tenido a toda una mujer, de curvas seductoras, aroma femenino y labios sensuales.

Estuvo a punto de gemir al recordarlo. Y estaba a su lado, en su isla, en su territorio. ¿Cómo reaccionaría Fletcher si se enterara? Ojo por ojo, hermana por hermana.

–¿Y cómo es que te apellidas Turner?

–¿Perdón?

–Te apellidas Turner –dijo él–. No Fletcher. Pero dijiste que no has estado casada, o al menos que no lo estás ahora. Fletcher nunca mencionó que tuviera una hermana.

Ella dudó un instante. No confiaba en él, aunque empezaba a relajarse y ya no estaba tanto a la defensiva. Al cabo de un instante, se encogió de hombros y dijo:

–No es un secreto –suspiró–. Nuestros padres se separaron cuando yo apenas tenía un año. Dividieron todo entre los dos, incluidos los hijos. Mi padre se quedó con Jake y mi madre conmigo. Me puso su apellido, supongo que para no recordar a su ex todo el rato. Yo no me enteré de nada hasta años después.

Así que era verdad que era la hermana de Fletcher.

Las averiguaciones de Jo lo confirmarían, pero él no dudaba de que estuviera diciendo la verdad. Eso significaba que probablemente estaba metida en el plan de su hermano para que aquella boda pareciera lo más real posible y así poder llevarse una buena cifra.

–¿Y cómo os reencontrasteis de nuevo?

–Mi madre murió hace dos años. Entonces, un abogado me dijo que tenía un hermano. Yo no tenía ni idea. Era demasiado pequeña como para recordar nada. Nos vimos por primera vez en el funeral. Y fue allí donde me enteré de que mi padre había muerto diez años antes. Mi madre nunca…

Le temblaba la voz. Él la miró, pero ella no lo estaba mirando. Su vista estaba posada en algún punto del camino. Respiró hondo y sus senos se movieron bajo la tela de la blusa.

–Ya está, ésa es la horripilante historia.

Parecía tan sola y perdida que fue él quien tuvo que respirar hondo. Al final iba a terminar sintiendo lástima por ella, ¡por la hermana de Fletcher! Además, recordaba haber visto al padre de Jake una vez, sentado en la terraza de su casa de madera. Una casa que parecía derrumbarse mientras él se tomaba una cerveza, rodeado de botellas vacías amontonadas como si fueran bolos. No le sorprendía que se hubiera muerto.

Quizá era mejor que ella nunca lo hubiera conocido. Quizá hubiera terminado como su hermano. Un hermano al que ella defendía como una tigresa defendería a sus cachorros. ¿Lo defendería igual si conociera más cosas acerca de su pasado? Lo dudaba.

–O sea que no hace tanto tiempo que conoces a Fletcher.

Ella apretó los dientes.

–Lo conozco desde hace suficiente tiempo.

–A lo mejor no lo conoces tan bien como crees.

–Mire, señor Caruana, creo que ya ha quedado claro lo que siente sobre mi hermano.

–Daniel.

–¿Qué?

–¿No habías quedado en que me llamarías Daniel?

–Yo…

–Después de todo, Sophie, casi somos parientes.

Ella se sentó derecha en su asiento y él tuvo la sensación de que la idea de convertirse en su cuñada le atraía tanto como a él la de convertirse en su cuñado.

Tomaron la última curva y él oyó que suspiraba con sorpresa al ver el primer bungalow de madera.

–¿Qué es eso?

Él paró el vehículo y bajó, ofreciéndole la mano.

–Dijiste que querías infraestructura –se mofó–. Y yo siempre le doy a una mujer lo que pide.

A ella no le cabía ninguna duda. Lo miró sonrojada.

–No te preocupes por tus cosas –dijo él, al ver que iba a agarrar el maletín–. Las únicas personas que hay en la isla son mis empleados. Saben que si hacen algo malo, tendrán que largarse de aquí –dijo él, sujetándola de la mano.

Ella sintió el calor de su piel y su poderosa masculinidad. Al ver su sonrisa, se estremeció.

Sin duda no debería ser tan agradable tocar a alguien tan arrogante y antipático, alguien que había dejado claro que su hermano no era lo bastante bueno como para casarse con su hermana. Entonces, él la soltó para indicarle que subiera los escalones hasta la terraza del bungalow, desde donde se contemplaba el océano.

–¿Cómo en esos programas donde se echa a la gente de la isla por votación?

–Excepto que aquí no se vota –dijo él, cruzando la terraza hasta una puerta corredera de cristal y deteniéndose para dejarla pasar–. Cuando se comete un error hay que pagar un precio.

Ella estuvo a punto de soltar una carcajada, pero al ver la expresión de su rostro supo que hablaba completamente en serio.

–Un lema curioso –dijo ella.

–A mí me funciona –dijo él, quitándose las gafas de sol.

Al pasar por delante de él, Sophie se preguntó si se estaría refiriendo únicamente a sus empleados.

Aquélla era la isla de Daniel y él estaba a cargo. Un rey en su castillo. Afortunadamente, Monica había aceptado celebrar la boda en Brisbane. No podía imaginar cómo sería intentar organizar una boda con Daniel vigilando, pendiente de cada error. No es que eso pudiera suceder, independientemente de lo que él pensara sobre la infraestructura de la isla.

Sophie entró en la casa y se quitó las gafas de sol. Las puertas de cristal daban a un amplio salón decorado en color rojizo y marrón. Los muebles eran muy atractivos y Sophie dio su aprobación a toda la decoración.

En la pared que estaba al otro lado de la entrada, una puerta daba paso a un dormitorio más grande que el salón, donde había una cama llena de almohadas, tan ancha que apetecía tumbarse en ella. Sophie lo habría hecho si Daniel no hubiera estado detrás.

Cualquier muestra de entusiasmo la perjudicaría a la hora de rebatir por qué aquel lugar no le parecía adecuado para la boda.

Seguía pensando que era así, incluso después de haber visto los bungalows entre los árboles. Unas cuantas cabañas no bastaban para hacer un complejo residencial. El catering también tendría que ser de primera calidad y, aunque algo le decía que un lugar como aquél tendría algo más que una simple barbacoa, decidió que no tenía sentido averiguarlo. Ya tenía un lugar para el evento.

–Muy bonito –admitió de forma inexpresiva, consciente de que Daniel estaba esperando su reacción. La otra puerta llevaba hasta un baño con jacuzzi y una ducha estupenda que ella miró de manera distante, tratando de no mostrar la envidia que le generaba.

No podía negar el repentino sentimiento de culpabilidad. Era un lugar estupendo, y habría comprendido que Monica se hubiese querido casar en aquella isla. Ella no sabía qué más le faltaba por ver, pero con muy poco esfuerzo aquel lugar podía convertirse en la suite de cualquier recién casada.

Al recordar las habitaciones de Tropical Palms, se mordió el labio inferior. Anticuadas. Viejas. A falta de una reforma. Mientras que aquéllas…

Jake quería que la boda se celebrara en Brisbane y Monica había aceptado que tuviera lugar en Tropical Palms porque pensaba que Daniel nunca daría su consentimiento para la boda, que él nunca lo apoyaría y que, por supuesto, no se ofrecería a pagarla.

¿Y si Daniel tenía razón y Monica siempre había deseado casarse allí?

¿Quizá Monica había suprimido su deseo de casarse en Kallista porque pensaba que así obtendría menos resistencia ante la boda y podría acomodar mejor el deseo de su hermano y el de su prometido?

En ese caso, ¿en qué lugar quedaba ella, una organizadora de bodas que había prometido un día perfecto?

–Bueno, ¿y qué te parece?

Ella se volvió tan deprisa que sintió que se mareaba una pizca. ¿Fue por verlo detrás de ella, sentado en el lateral de la cama y no esperándola en la puerta? Notó que se le secaba la boca. La mirada de Daniel estaba a la altura de sus senos. Estaba mirándoselos fijamente. Y una vez más, ella echó de menos tener la carpeta para poder ocultar sus pezones erectos.

–¿Sobre qué?

Él la miró a los ojos.

–Sobre todo lo que has estado pensando en los últimos cinco minutos que has estado mirando al infinito.

Ella tragó saliva y trató de esbozar una sonrisa, desconcertada por la imagen que ofrecía sentado en la cama. Si vestido tenía ese maravilloso aspecto, ¿cómo sería verlo desnudo tumbado en una cama tan grande?

«Oh, no».

En ese momento supo que no quería que la boda se celebrara allí en Kallista. No podría dejar de pensar en la imagen de Daniel sentado en aquella cama, o en su camisa abierta mostrando su piel color aceituna…

Miró el reloj y puso una amplia sonrisa.

–Creo que será mejor que continuemos la visita si quiero llegar a tiempo para tomar mi vuelo.

Fue tan terrible como esperaba. Había veinte cabañas, y todas igual de elegantes. Estaban situadas entre las palmeras, alrededor de la laguna, y había suficiente distancia entre ellas como para pensar que no había más habitantes en la isla. También había una casa grande que servía de bar y restaurante.

«Es terrible», pensó ella mientras bebía un cóctel de mango contemplando una poza de agua cristalina entre las palmeras.

Era perfecto.

O podría serlo, de no ser por el hombre que estaba sentado frente a ella.

Daniel Caruana estaba recostado en el respaldo de su silla como si pensara que tenía el mundo en sus manos, y no sólo la boda de su hermana.

Sophie temía que fuera así, al menos en lo que a la boda se refería. Después de todo, aquel hombre estaba acostumbrado a luchar y ganar todos los días. ¿Cómo se suponía que iba a poder enfrentarse a él?

–Me temo que deberíamos ir al helicóptero pronto, si quiero tomar mi vuelo.

–Supongo que sí –dijo él, y cruzó los brazos detrás de la cabeza como si no estuviera dispuesto a ir a ningún sitio–. Excepto que todavía no me has dicho lo que piensas sobre la infraestructura que ofrece la isla –dijo él, con una sonrisa.

Ella bebió un sorbo y se fijó en cómo la camisa resaltaba su torso musculoso. Aquel hombre tenía un cuerpo prefecto. Era fuerte y sexy, aunque a ella le costara admitirlo.

–No esperaba que la isla estuviera tan desarrollada. Tenía la sensación de que sólo había una única vivienda.

–Me parecía egoísta guardarme todo esto para mí solo.

–Pero aquí no hay nadie más aparte de nosotros y los empleados, y no lo explotas como alojamientos. ¿Para qué es?

Él se encogió de hombros.

–Caruana Corporation tiene muchos empleados que requieren formación profesional. A veces vienen aquí para realizar actividades que refuercen el trabajo en equipo, y a veces como incentivos. Esta mañana acaba de marcharse un grupo de directores. La semana que viene llegará otro.

–Pero parece un complejo hotelero de cinco estrellas. Has debido de gastarte una fortuna en este lugar.

Daniel apoyó los codos sobre la mesa.

–¿Y por qué iba a pagar una fortuna para que fueran a otro sitio cuando tengo una isla propia muy cerca? Pero lo que yo me gaste no es asunto tuyo. Lo que me interesa es saber si estás de acuerdo en que éste es el lugar perfecto para celebrar la boda de Monica.

Era el lugar perfecto. Suficientemente grande y con mejor calidad que el resto de los lugares de Far North Queensland. Absolutamente perfecto, excepto por un detalle.

Daniel Caruana.

–Daniel, tienes razón, es un sitio estupendo. Estoy segura de que sería perfecto en las circunstancias adecuadas. Pero quizá no para esta ocasión. Ya te lo he dicho, tenemos un lugar, y tanto Jake como Monica aceptaron que la boda se celebre allí.

–Pues cancela la reserva.

–¿Cómo?

–Cancele la reserva y ahórrate el dinero. Dijiste que Monica y Fletcher tenían un presupuesto, este lugar no les costará ni un céntimo.

Ella respiró hondo. Todo lo que él decía tenía sentido. El lugar era estupendo, el alojamiento maravilloso, y estaba segura de que la comida sería exquisita. Además, Jake y Monica podrían ahorrarse mucho dinero. Debía de estar loca para seguir buscando un motivo para decir que no. Pero Daniel seguía insistiendo y ella no podía aceptar, al menos no hasta que hubiera hablado con sus clientes.

–Mira –comentó, alegrándose de no haberle contado que todavía no habían pagado la reserva de Tropical Palms–. Con tan poco tiempo puede que nos penalicen por anular la reserva y ya no se ahorren tanto dinero pero, por supuesto, hablaré con Monica y Jake sobre tu generosa oferta –miró el reloj y, asombrada por lo rápido que había pasado el tiempo, se puso en pie–. Tengo que irme. Mañana temprano tengo una reunión y no puedo perder mi vuelo. ¿Qué te parece si te llamo mañana para decirte lo que opinan Jake y Monica?

Él la agarró del brazo para detenerla.

–¿Y qué tal si hablamos de ello ahora?

Ella lo miró y vio que tenía el ceño fruncido y los labios apretados. Trató de retirar el brazo, pero él no se lo permitió.

–No puedo perder el vuelo.

–¿Por qué te opones a celebrar la boda aquí?

–¿Me culpas por no estar de acuerdo con todos tus caprichos? ¿Puedo recordarte que fuiste tú el que dijo que no habría boda?

–Eso ya lo hemos hablado. Moni quiere casarse aquí.

–Y tenemos una reserva que Monica ha aceptado. En otro sitio.

–Estamos hablando de mi hermana.

–Y Monica es mi cliente. Yo he actuado según sus deseos. Gracias por tu consejo y por enseñarme la isla. Les comentaré a mis clientes tu propuesta, pero ahora tengo que marcharme. Tengo que tomar un avión –miró fijamente la mano que él tenía sobre su brazo– ¿Si no te importa?

Él no dijo nada, pero ella notó que la rabia se apoderaba de él.

Sólo estaba sujetándola del brazo, entonces, ¿por qué tenía el vello erizado de todo el cuerpo? ¿Y por qué sentía un fuerte calor en los lugares secretos de su ser?

Entonces, vio cierto brillo en su mirada y él la soltó de golpe.

–Como desees. Te llevaré hasta el helicóptero.

–Gracias –dijo ella, dudando de que la hubiera oído. Ya se estaba alejando cuando sonó el teléfono.

Ella sacó el móvil del bolso y comprobó el número, suspirando aliviada al ver que era Meg y no otro cliente buscando un día perfecto.

–¿Qué pasa, Meg? Estoy de camino al aeropuerto.

Su secretaria tardó un momento en contestar, el tiempo suficiente para que Daniel se acercara a ella, preguntándose por qué alguien que tenía tanta prisa por marcharse caminaba tan despacio.

–¿Meg? ¿Ocurre algo malo?

–Depende. ¿Quieres que te dé primero la buena o la mala noticia?

Capítulo 6

SOPHIE tragó saliva. Estaba acostumbrada a que las cosas no siempre salieran bien a la hora de organizar una boda, pero Meg sonaba demasiado preocupada…

–¿Cuál es la buena noticia?

–Ya no tienes la reunión de las ocho de la mañana en Gold Coast.

–¿Qué? ¿A qué hora la tengo?

–Bueno, ésa es la mala noticia. No la han convocado a ninguna otra hora. Han cancelado la reserva.

–¿La han cancelado? ¡No puede ser!

–Lo siento, Sophie, de veras. Ha llamado una tal Annaliese diciendo que había alguien que quería reservar todo el lugar y no sólo la sala de fiestas, y que han pagado al contado, así que no les ha quedado más remedio que aceptar.

–Pero no pueden hacer eso –repitió ella–. Los llamaré. Annaliese es nueva allí. Probablemente haya confundido las fechas.

–Te deseo suerte, pero parecía muy segura de lo que decía. Espero que tengas razón.

–¿Algún problema? –preguntó Daniel.

–Espera un momento –dijo ella, alejándose de él–. Tengo que hacer una llamada urgente.

Él miró el reloj y frunció el ceño.

–Dijiste que tenías que tomar un avión.

–Lo siento –dijo ella–. No tardaré mucho.

Sophie tenía el corazón acelerado. Marcó el número de teléfono y esperó a que contestaran. Tropical Palms tenía que estar disponible. Alguien tenía que haber cometido un error. De otro modo…

–¡Philipe! –exclamó aliviada cuando por fin contestaron–. Me he enterado de que habéis cancelado mi reserva y he decidido que debía comprobarlo.

–Lo siento de veras. Si hubieses pagado la reserva. No hay nada que pueda hacer…

Ella sabía que la reserva no se haría firme hasta que no la pagara, pero Philipe le había dicho que no se preocupara y que podía pagarla cuando fuera a la reunión. Al menos podían haberla llamado para decirle que alguien quería reservar todo el lugar. Deberían haberla avisado.

–¿Problemas en el paraíso?

Ella apretó los dientes y deseó estar en su despacho para no tener que enfrentarse a un Daniel sonriente a la vez que intentaba contener las lágrimas. ¿Qué se suponía que iba a decirles a Jake y a Monica?

–Nada que no pueda manejar –dijo ella, y se dirigió hacia el carro.

–¿No? –preguntó él–. No he podido evitar escuchar la conversación. Tengo la sensación de que es algo más grave.

–Saldrá bien.

–Tiene que ver con la boda de Monica, ¿no es así? Has llamado al sitio donde la ibais a celebrar ¿verdad?

Ella negó con la cabeza, y respiró hondo. No podía llorar allí.

–Es un asunto mío. No tienes nada que ver en esto.

–¡Tiene que ver con mi hermana! –colocó la mano sobre su hombro y la volvió para que lo mirara–. ¿Qué ocurre? –él retiró la mano del hombro y le acarició la mejilla con el pulgar–. Estás llorando. ¿Tan mala ha sido la noticia?

Ella giró la cabeza.

–No estoy llorando –mintió con voz temblorosa. Respiró hondo y dijo–: Al parecer, Tropical Palms ha recibido una oferta mejor. Hemos perdido la reserva.

–Entonces, todo está arreglado. Celebraréis la boda aquí.

Ella pestañeó para contener las lágrimas.

–Espera. Eso no depende de ti.

–¿Tienes una idea mejor? ¿Otras opciones?

–Todavía no he mirado otras opciones.

–Acabo de solucionar tu problema.

–Todavía pueden cancelar la reserva que han hecho.

–¿Eso es lo que vas a decirle a Monica? ¿Qué estás esperando una cancelación cuando podría casarse aquí, en Kallista?

Ella lo miró y se preguntó si sería coincidencia que el mismo día que había conocido a Daniel Caruana se hubieran truncado los planes de boda de su hermana. Él estaba decidido a que la boda se celebrara allí. ¿Era posible que él estuviera detrás de la repentina reserva?

–Te dije dónde iba a celebrarse la boda antes de despegar para venir aquí.

–¿Y?

–¿No te parece una coincidencia que de pronto me

encuentre con que alguien ha reservado todo el lugar al mismo tiempo que tú tratas de convencerme para que la boda se celebre aquí?

Él se apoyó en el techo del carro.

–¿Crees que he sido yo?

–¿No? –preguntó ella alzando la barbilla.

–Y ¿cuándo se supone que podía haber hecho la reserva si he estado contigo todo el tiempo?

–No lo sé. Pero hiciste una llamada de teléfono justo antes de venir aquí.

–¿Y no se te ocurre ningún otro motivo para que pudiera hacer una llamada, como por ejemplo para informar de que nos esperaran con un carro en el helipuerto?

Sophie deseó que se la tragara la tierra.

–Lo siento. Pero ¿cómo iba a pensar otra cosa? Has estado decidido a celebrar la boda aquí desde que aceptaste que no había nada que pudieras hacer para evitar que se lleve a cabo.

–Sólo quiero lo mejor para Monica. Sospecho que tú también. Por eso, a lo mejor deberíamos trabajar juntos en esto.

–¿Qué quieres decir?

–Creo que cuando Monica llame desde Honolulú deberíamos hablar con ella los dos y averiguar qué es lo que realmente quiere hacer. Y quizá tranquilizarla diciéndole que hablo en serio cuando ofrezco que celebre la boda en Kallista.

–No veo cómo. Puede pasar un tiempo hasta que llame, teniendo en cuenta que cuando aterricen tendrán que pasar la aduana antes de ir al hotel. Probablemente, para entonces yo ya haya llegado a Brisbane.

–No te vayas. Quédate aquí en Kallista.

Sophie pestañeó al oír sus palabras. ¿Cómo iba a quedarse cuando lo que quería era dejar de estar en compañía de aquel hombre lo antes posible?

Pero ella quería que Jake y Monica fueran felices y puesto que le habían cancelado la reserva en Tropical Palms, ya no tenía que estar en Gold Coast a primera hora de la mañana.

Era lo último que deseaba, pero quizá debería retrasar su marcha un poco más. Tenía muchas cosas que decirle a Monica después de descubrir que su hermano apoyaba el matrimonio más de lo que ella había pensado, y así quizá Jake también se beneficiara al oírlo. Quizá era eso lo que todos necesitaban, una oportunidad para hablar las cosas y superar lo que hubiera pasado en el pasado. Después de todo, si iban a ser una familia tendrían que aprender a comunicarse entre ellos.

Y después de la llamada quizá todavía hubiera un vuelo con el que poder llegar a Brisbane esa noche.

Ojalá que pudiera regresar a casa. Podían pasar horas esperando a la llamada de Monica. Y cuanto más tiempo estuviera en compañía de Daniel Caruana, más confusa se sentiría. No era algo a lo que estuviera acostumbrada y no acababa de disfrutarlo.

Estaba acostumbrada a tener el control. Su madre le había enseñado que una mujer no necesitaba a un hombre para ser valorada y que a veces estaría mucho mejor sin tener uno. Aunque sabía que la opinión de su madre era consecuencia de un fracaso matrimonial y de un par de relaciones posteriores poco satisfactorias, su experiencia con los hombres sólo había reforzado el consejo de su madre.

Lo que había sido de gran ayuda para su trabajo. Ella era capaz de mantenerse distante y ofrecer la boda más romántica del mundo sin que se le humedecieran los ojos. Era una mujer práctica y poco sentimental. Más bien racional.

Hasta entonces.

Hasta que conoció a Daniel Caruana.

Sin duda, era mejor que se fuera.

Daniel se fijó en la indecisión que reflejaba su mirada. Ella se mordía el labio inferior y parecía joven y vulnerable. La brisa movía algunos mechones de su cabello y él experimentó el deseo de besarla otra vez.

Le gustaba su sabor. Y no podía imaginar cómo sería que ella lo mordisqueara a él.

No estaba dispuesto a dejarla marchar antes de descubrirlo.

–¿De qué tienes miedo? –preguntó él, acercándose a ella–. ¿Por qué te resulta tan difícil tomar una decisión?

Ella lo miró y se sorprendió al ver que él se movía y colocaba los brazos para atraparla contra el vehículo.

–Por nada. Tendría que llamar a Meg al despacho para que se ocupe de algunas cosas. Y cambiar mi reserva de vuelo, aunque no sé a qué hora podré marcharme.

–¿Eso es todo lo que te preocupa?

Ella miró de un lado a otro, buscando la manera de escapar de entre sus brazos.

¿No se daba cuenta? Era demasiado tarde para escapar.

–¿O quizá lo que te preocupa es que te vuelva a

besar? ¿Eso es lo que te da miedo? ¿Por eso estás desesperada por marcharte, porque temes que repita lo
de antes?

–¿Qué? No, ¿por qué iba a preocuparme tal cosa?
Nunca se me ocurrió algo así.

–¿Nunca? –murmuró él, acercándose una pizca–.
Me has ofendido, señorita Turner. ¿Nunca pensaste
en la posibilidad de finalizar lo que empezamos?

–Yo nunca… –negó con la cabeza, pero no tenía
sentido intentar negarlo. Tenía la vista posada en sus
labios, y respiraba de manera agitada–. No irías…

No tuvo oportunidad para terminar la frase. Él la
besó en la boca y sintió una mezcla de duda y deseo.

Le sorprendía pensar que una hermana de Fletcher
pudiera saber tan bien. Esperaba que hubiera cierto
sabor a corrupción, a podredumbre, y sin embargo,
sus labios sabían a fruta dulce.

Él no la abrazó y el único punto de contacto entre
sus cuerpos eran los labios, sin embargo, la conexión
fue muy fuerte. No era un beso apasionado, ni de deseo no correspondido, sino un beso tierno, dulce y
necesario.

–¿Por qué has hecho eso? –susurró ella, y bajó la
vista como si tuviera miedo de mirarlo a los ojos.

–Me parecía una buena idea quitárnoslo del medio.

–Ah.

–Porque ahora sé que la primera vez no fue un
error.

Ella lo miró boquiabierta y él se rió para no besarla de nuevo. No era el momento, ni el lugar. El sol
brillaba con fuerza y él necesitaba una cerveza y una
ducha fría.

–Mira, ha sido un día muy largo. Es probable que Monica no llame hasta dentro de un par de horas. ¿Qué tal si nos damos un baño mientras esperamos? A mí me vendría bien.

Él frunció el ceño.

–¿He dicho que vaya a quedarme?

–¿No te vas a quedar?

Ella miró hacia el helicóptero.

–Supongo que podría quedarme, hasta que llamen. Peor no he traído nada conmigo. No pensaba darme un baño.

–No pasa nada –dijo él, agarrando la llave del carro–. Estoy seguro de que podremos encontrar algo medianamente decente.

La casa era de madera y cristal, estaba en lo alto de una colina y tenía una vista espectacular. A un lado, el océano salpicado de islas y, al otro la espectacular y extensa costa de la península.

–Es preciosa –dijo Sophie mientras él la ayudaba a salir del coche–. No sé cómo puedes soportar marcharte de aquí.

Él puso una amplia sonrisa.

–Me alegro de que pienses así.

Ella se alejó una poco y fingió estar interesada en la vista. No había captado el mensaje que, sin duda, contenían sus palabras.

¿Y por qué había dejado que la besara? Estaba planificando la boda de su hermana y se suponía que era una profesional y debía comportarse de forma distante.

Dejar que la besara no había sido un gesto distante. Pero cómo iba a ser distante si él la miraba de esa manera, provocando que se le acelerara el corazón. ¿Cómo iba a pensar con claridad si lo que deseaba era que la besara de nuevo?

¿Sólo se conocían desde esa misma mañana? Era imposible que el hombre que la había besado con tanta ternura fuera el hombre arrogante que había conocido en el despacho. Aunque allí también había estado a punto de besarla, provocando que estuviera a punto de derretirse antes de encontrar la fuerza de voluntad para apartarlo.

Pero ¿lo había apartado cuando había ido a besarla por segunda vez? No. Su cuerpo se había tensado con anticipación. Y lo único que había pensado era que no estaba dispuesta a detenerlo.

Abajo, el mar azul golpeaba suavemente contra la arena blanca de una cala protegida del mar abierto por unas rocas. Era un lugar privado y muy apetecible. Para llegar a la cala había que bajar por unas largas escaleras, pero Sophie ya podía sentir el agua fría sobre su cuerpo ardiente.

Pero, ¿realmente conseguiría enfriárselo? Se mordió el labio inferior al pensar en las implicaciones. ¿Sería buena idea ponerse un bañador prestado y compartir un baño con un hombre que ya la distraía demasiado estando vestido? Cerró los ojos para tratar de borrar las imágenes que habían invadido su cabeza y en las que Daniel aparecía en bañador. «¡Oh, no!». Bañarse era mala idea.

—Creo que puedo pasar sin baño –dijo ella buscando una excusa–. Mis zapatos de tacón no sobrevivirían a esa escalera. Pero tú puedes ir –levantó la vista y vio que él la estaba mirando y se sonrojó.

–No me gustaría que se te estropearan los zapatos –dijo él con una media sonrisa–. ¿Por qué no te bañas en la piscina, como pensaba hacer yo? Supongo que tus zapatos aguantarán algunos metros más.

Daniel se volvió hacia la casa y Sophie lo siguió despacio, sintiéndose más tonta que nunca. Por supuesto que una casa como aquélla debía tener una piscina en algún lugar.

La puerta de madera se abrió antes de que llegaran a ella y una mujer de mediana edad y vestida con un delantal salió a recibirlos. Sophie se fijó en su cálida mirada.

–¡Señor Caruana! Debería haberme dicho que iba a traer una invitada –comentó ella mientras entraban en el espacioso recibidor–. Habría preparado algo más especial para la cena.

–Estoy seguro de que lo que tenías pensado, Millie, estará delicioso como siempre. Y no me cabe duda de que la señorita Turner pronto se convertirá en una fan de su cocina –se volvió hacia Sophie–. Millie solía llevar un café en Cairns, hasta que un día entré a comer y le hice una oferta que no fue capaz de rechazar.

En ese momento sonó su teléfono y Millie le agarró la chaqueta mientras él se excusaba y miraba quién era.

–Es cierto –dijo Millie con una amplia sonrisa–. Y así, hice las maletas y me vine a vivir a una isla tropical paradisíaca. Si me permite, le diré que éste puede convencer a cualquiera. Así que tenga cuidado, señorita Turner, si sabe lo que es bueno para usted.

–Millie –dijo Daniel guardando el teléfono–, no vayas por ahí contando mis secretos.

–Gracias por el consejo –le dijo Sophie a Millie–. No estoy segura de que vaya a quedarme para la cena, pero sin duda aprenderé todos los trucos que pueda.

Millie puso cara de decepción y Daniel intervino en la conversación.

–Por supuesto que la señorita Turner se quedará a cenar –anunció–. Y, entretanto, me preguntaba si podrías mostrarle la habitación de invitados y conseguirle un bañador. Yo iré enseguida. Tengo que hacer un par de llamadas –sonrió–. Pero ten cuidado no se vaya a dañar los tacones.

–Por supuesto. Tengo el bañador perfecto para usted. Venga –Millie subió una pequeña escalera y avanzó por un pasillo–. ¿Qué pasa con los tacones? –preguntó mirando hacia atrás por encima del hombro.

–Estaba bromeando a mi costa –admitió Sophie–. Creía que tendría que bajar hasta la cala para darme un baño y puse a mis zapatos como excusa. No me di cuenta de que habría piscina –no admitió que intentaba evitar bañarse con Daniel, pero si él estaba hablando por teléfono a lo mejor podría darse un baño rápido.

Millie sonrió.

–Tiene don de gentes. Hay un camino para llegar a la playa, y es preciosa. Dígale a Daniel que la lleve, pero sí, mejor cuando vaya con zapatos planos.

Sophie sonrió para darle las gracias. Por mucho que la playa fuera un lugar especial, estaba segura de que no estaría allí el tiempo suficiente para ir a verla.

–Siempre es agradable cuando el señor Caruana trae amigos a casa –dijo Millie mientras le mostraba el camino–. Yo le digo que no es normal que un hombre esté solo en una casa tan grande como ésta. Siempre le digo que algún día tendrá que sentar la cabeza.

La casa era enorme y tenía una vista estupenda desde todos los ángulos. Una vista que se complementaba con una piscina que se fundía con el horizonte al borde de la terraza.

Pero las palabras de Millie resonaron en la cabeza de Sophie mientras la seguía hasta la habitación de invitados. El ama de llaves creía que ella era la última novia de Daniel.

–No somos amigos. No de esa manera. Estoy esperando a que Monica llame desde Honolulú. Estoy organizando su boda.

–¿Monica va a casarse? –preguntó asombrada–. ¡Nunca lo imaginé! Es una gran noticia. ¿Quién es el afortunado?

–Mi hermano, Jake.

Millie puso una amplia sonrisa.

–Entonces, eres mucho más que una amiga. Eres casi familia –se volvió hacia el armario–. Veamos, hay un bañador aquí que te quedará perfecto. ¿Dónde está?

–¿De quién es toda esta ropa? –preguntó ella, mirando a su alrededor y preguntándose por qué la habitación de invitados tenía una cama alta y un armario lleno de ropa.

–En realidad, es ropa de repuesto. Por si Monica viene con amigas.

Sophie se percató de que Monica empleaba la habitación algunas veces. Había fotos suyas sobre la cómoda. Una en bañador en la playa. La otra con el uniforme del colegio.

Había otra foto, pero Sophie no reconocía quién era. Una chica guapa con brillo en la mirada y cabello rubio lanzaba un beso a la cámara.

–Ah, aquí está –dijo Millie–. Pruébate éste. Tiene un pareo a juego. Te daré una toalla.

Sophie se volvió y sonrió al ver la prenda de color zafiro y dorado que había sobre la cama.

–Gracias, Millie, es precioso. Por cierto, ¿sabes quién es esta mujer? ¿Una amiga de Monica? Creo que no la he conocido, aunque sí he conocido a las chicas que van a ser sus damas de honor.

Millie se acercó, le quitó la foto de las manos y pasó un paño que llevaba en el bolsillo para quitarle el polvo al cristal.

–Al parecer era una buena amiga de Daniel. Murió en trágicas circunstancias. Daniel no soporta tener la fotografía en un lugar visible, pero tampoco quiere guardarla así que la esconde aquí, ya que apenas entra. Era guapa, ¿verdad? A veces me pregunto si...

La mujer se quedó en silencio y Sophie no pudo evitar preguntar.

–¿Qué es lo que te preguntas?

Millie suspiró.

–Sólo si lo que sucedió entonces fue lo que hizo que Daniel no quisiera implicarse emocionalmente con nadie más. Al parecer iban en serio –pasó el paño por la estantería antes de dejar la foto–. Bueno, será mejor que te dé la toalla.

Sophie se sentó en el borde de la cama y agarró la ropa que la mujer le había dado. Entonces, miró la foto de la chica sonriente, la foto de una mujer tan especial que Daniel no soportaba verla más.

¿Habría sido Daniel el que tomó esa fotografía?

Su mirada llena de brillo y el beso que lanzaba ¿irían dirigidos a él?

Él debía de haberla querido muchísimo.

Por algún inexplicable motivo, ella no quería pensar en ello demasiado. Era difícil imaginar a Daniel queriendo a alguien. Parecía un hombre enojado e implacable, y si tenía corazón debía tenerlo en un lugar tan profundo que posiblemente ya estuviera atrofiado. Incluso el amor que sentía por su hermana parecía más propio de un perro guardián que de un hermano.

Sophie agarró el bikini y se dirigió al baño. Un baño era lo que necesitaba. Y puesto que Daniel estaba ocupado en el teléfono, tendría la piscina para ella sola. Cuando él llegara, diría que ya se había bañado suficiente y se cubriría con el pareo.

Además, Millie estaba allí. ¿De qué diablos tenía que preocuparse?

Capítulo 7

QUÉ HAS encontrado?

–Es la hermana de Fletcher –dijo Jo al otro lado del teléfono–. Al parecer sus padres se separaron y se repartieron a los niños.

Daniel se recostó en la silla y puso los pies sobre la mesa. Así que era verdad lo que ella le había contado. No estaba seguro si se alegraba de que no estuviera mintiendo, o si se sentía decepcionado por el hecho de que fuera pariente del canalla de Fletcher.

–¿Y el negocio?

–Existe. Es un negocio pequeño. Parece que tiene buena fama, aunque últimamente no hay mucho trabajo –hizo una pausa–. Sin duda le vendría bien una inyección de dinero.

Daniel bajó los pies al suelo.

–¿Crees que va detrás de un pellizco?

–¿Qué más iba a hacer aquí? Monica es lo bastante mayor como para casarse sin tu permiso. La tal señorita Turner, o como se llame, ha venido para hacer que la boda parezca de verdad y así te entre el pánico y le ofrezcas más dinero a Fletcher para que desaparezca.

Daniel se quejó en voz baja. Sin embargo, ella actuaba como si la relación entre Moni y su hermano fuera el romance de la década. Las averiguaciones de

Jo sólo confirmaban lo que él había sospechado desde un principio: ella estaba allí por dinero. Nada más.

–Esta noche hablaremos con Monica. Cuando descubra dónde se alojan, quiero que le hagas llegar una oferta a Jake.

–¿Cuánto?

–Ofrécele un millón. El trato habitual: que se largue y que no vuelva a ponerse en contacto con Monica nunca más.

–¿Un millón? Cielos, jefe, si me ofreces un millón a mí, te aseguro que tampoco volveré a hablar con Monica.

–¡Basta, Jo! –dijo él. No estaba para bromas–. Esto es serio –añadió masajeándose la sien.

–Hablaba en serio –protestó el hombre–. ¿Le ofreces un millón de dólares a ese bastardo cuando sabes que va a pedirte más? Sabes que no los merece.

–¡Merece lo que haga falta para apartarlo de Moni! ¿Comprendes?

–Sí. Por supuesto, jefe –dijo él–. Yo estaba allí, ¿recuerdas?

Daniel lo recordaba. Jo había estado a su lado durante los años de instituto y había visto los inútiles esfuerzos que había hecho Fletcher para demostrar que era igual que Daniel. El niño becado contra el niño adinerado. Y Jo había presenciado todos los enfrentamientos que había tenido con Daniel para demostrar que era igual o mejor que él.

Fletcher se había ganado el título de persistente y lo irónico era que al final de curso, Daniel había llegado casi a admirarlo. Tenía la sensación de que el chico que tenía aquel padre aprovechado podía llegar a hacer alguien de sí mismo.

O eso había pensado.

Hasta que recibió la llamada de teléfono que cambió su vida.

La llamada con la que le informaron que Emma había muerto.

Entonces se percató de que Fletcher no sólo había querido ser tan bueno como Daniel Caruana. Quería ser él, en todos los aspectos de su vida.

Fue Jo quien recogió a Daniel del suelo y se mantuvo a su lado mientras enterraban a la chica que amaba. También fue Jo el que estuvo bebiendo cerveza con él mientras despotricaba acerca de cómo iba a matar a Fletcher. El que lo había convencido de que matar a Fletcher no merecía la pena.

Sí, Jo había estado siempre a su lado y su lealtad merecía reconocimiento.

—Sé que pedirá más —continuó Daniel en tono menos agresivo—. Sabe más que nadie lo mucho que vale Moni, pero estoy seguro que la señorita Turner hará que acepte la oferta, simplemente para poder marcharse de la isla y obtener su parte.

—Entonces, ¿sigue allí?

—La forma más rápida de demostrar que está metida en esto es forzarla a que organice una boda que sabe que no tendrá lugar. No será capaz de fingir durante veinticuatro horas al día.

—¿Crees que se quedará allí?

—No se marchará de la isla. Al menos, no mientras Fletcher esté con mi hermana.

Finalizó la llamada asegurándole que lo llamaría de nuevo en cuanto se enterara de dónde se alojaba Monica en Honolulú. Después, giró la silla para mirar por la ventana, agradecido de que hubiera alguien que lo comprendiera, que conociera la historia y no tuviera que hacer muchas preguntas.

¿Qué haría si Jo no estuviera? Su viejo amigo también había estado a su lado cuando uno de los primeros novios de Moni decidió que ella valía más en dinero que por sí misma. A los dieciocho años recién cumplidos, Monica se había enamorado sin darse cuenta de que el chico que fingía ser el hombre de sus sueños también la amenazaba con publicar imágenes secretas de ellos en Internet. La hermana de Daniel, inmortalizada en un vídeo en lo que debería ser uno de los momentos más íntimos y especiales de su vida. A menos que su hermano pagara por ello una buena suma.

Jo acordó el pago para que el chico desapareciera y se destruyeran las pruebas. Pero parecía que siempre había alguien dispuesto a ocupar su lugar, alguien dispuesto a aceptar una oferta antes de hacer algún daño.

Puesto que habían aceptado el dinero, ¿no se demostraba que lo único que les interesaba era su fortuna?

Fletcher sería igual que ellos, o peor, teniendo en cuenta su pasado.

Jo no le fallaría. Pronto le tenderían una trampa y Fletcher desaparecería. Y entretanto…

Un movimiento en la piscina llamó su atención a través del cristal.

Entretanto tenía otras cosas de las que ocuparse.

Quizá fuera una buena actriz, pero no era la única que podía actuar. Eso sí, con la manera de actuar de Jake, ella pronto desearía no haberle seguido el juego al cretino de su hermano.

Jake hizo otra llamada de teléfono. Estaba ansioso por unirse con ella en la piscina y por pasar a la siguiente etapa del juego, pero primero tenía que asegurarse de que ella no tuviera ninguna excusa para marcharse de pronto.

Porque la señorita Turner no se marcharía a ningún sitio, de momento.

Sophie apoyó la barbilla sobre sus brazos cruzados en el borde de la piscina y se quedó flotando mirando hacia donde el mar se unía con el cielo en el horizonte. La brisa era cálida y el olor a mar se mezclaba con las flores tropicales que trepaban por las paredes. Era el paraíso.

Pero ella había ido allí para trabajar. Tenía que recordárselo, porque en lugar de centrarse en Monica y Jake terminaba pensando en el hermano de la novia.

¿Cómo podía confiar en él después de cómo la había tratado y de cómo había hablado acerca de Jake aquella mañana? ¿Cómo iba a creerse que estaba dispuesto a que se celebrara la boda después de haberse opuesto a ella?

¿Y cómo iba a fiarse de sí misma si cada vez que él le acercaba sus labios se derretía? ¿Estaba mal sentirse atraída por el que iba a ser su cuñado?

«Sólo ha sido un beso», se recordó por enésima vez. Nada más. Y no habrá nada más. Un hombre como Daniel debía de tener montones de amigas. Un beso no significaba nada para un hombre como él.

¿O sí? Era un hombre de negocios y, sin duda, empleaba tácticas especiales en la sala de reuniones. Y en el dormitorio. ¿La habría besado con intención de hacerla creer que estaba interesado en ella y para que, así, ella bajara las barreras? A lo mejor creía que si la seducía podría abrir una brecha entre Jake y ella. *Divide y vencerás*, decía el refrán.

Pero si realmente pensaba que podría seducirla con unos pocos besos, se equivocaba. Movió las piernas dentro del agua y se preguntó si podría aprovecharse de aquello. No estaba segura de su capacidad para jugar a ese juego. No tenía mucha experiencia con los hombres. Pero quizá, si llegaba a conocerla un poco mejor él estaría más dispuesto a escucharla y descubriría que Jake no era tan malo.

El sol había calentado sus hombros y ella se metió bajo el agua para enfriarlos. Saldría pronto del agua, antes de que Daniel terminara con sus llamadas. Pero disfrutaría un minuto más de aquel delicioso baño.

Cerró los ojos y suspiró. Un minuto más…

De pronto, sintió algo frío en su espalda y Sophie se sobresaltó.

–Te vas a quemar si no tienes cuidado –Daniel estaba a su lado, poniéndole crema sobre sus hombros–. Estabas dormida –dijo él.

–No me he dado cuenta. Es tan relajante.

–No pareces relajada –dijo él–. Estás rígida como un palo.

«Hay un motivo para ello», pensó ella mientras él le extendía la crema. Cerró los ojos deseando bloquear todas las sensaciones que él le provocaba. No le estaba poniendo crema sin más, le estaba dando un auténtico masaje y ella no pudo evitar gemir de placer.

Cuando él se arrodilló en el agua y le acarició por debajo de los brazos, demasiado cerca de los pechos, ella no pudo soportarlo más.

—Tengo que salir —dijo ella, y se volvió hacia él. No debía haberlo hecho. Al instante, notó que se le secaba la boca. Estaba rodeada de agua, pero parecía que estuviera en medio de una tormenta de arena en el desierto.

—No tienes prisa, ¿no? —preguntó él.

Ella se fijó en su torso musculoso y en la fina capa de vello oscuro que cubría su piel bronceada y desaparecía bajo la cinturilla del bañador. A lo mejor tenía razón. No tenía prisa. Entonces, ¿por qué estaba tan desesperada por alejarse de él?

—A lo mejor llama Monica —dijo al fin, buscando el pareo con la mirada—. Quiero estar preparada.

—Ya ha llamado.

—¿Qué? —lo miró.

—Acabo de hablar con ella. No te localizaba en el móvil así que llamó a tu oficina y le dijeron que a lo mejor todavía estabas aquí.

Ella se sentó en un banco sumergido que había en el borde.

—¿Monica ha llamado y ni siquiera te has molestado en avisarme? Sabías que estaba esperando su llamada.

—Ella intentó llamarte —le recordó él—. ¿Es culpa mía que no contestaras? Pero ¿realmente importa con quién hablara? Lo importante es que ha dicho que estaría encantada de celebrar la boda aquí, en Kallista.

—Ya, estoy segura de ello —Sophie se puso en pie y por primera vez no se preocupó de que Daniel la viera en bikini—. Porque seguro que le has dicho que Tropical Palms no está disponible —agarró el pareo que estaba en la silla y se cubrió con él antes de buscar el teléfono, preguntándose cómo no había oído la llamada.

Aunque se hubiera quedado dormida, el sonido la habría despertado.

–No está disponible. No sabía que era un secreto. Deberías habérmelo dicho.

–¡Y tú deberías haberme avisado! –dijo ella, levantando la toalla para buscar el teléfono–. Puede que Monica sea tu hermana, pero se supone que soy yo la que organiza la boda para ellos –se volvió–. ¿O es que Jake también ha dado saltos de entusiasmo ante la idea de que la boda se celebre aquí? Por algún motivo, lo dudo, teniendo en cuenta lo bien que parece que os lleváis.

–Él estaba en la recepción. No he hablado con él.

–Así que pensaste que era mejor aprovechar el momento antes de que yo tuviera oportunidad de hablar con ellos sobre las opciones –entonces, lo recordó. Había estado tan ocupada pensando en la foto del cuarto de invitados y tan centrada en ir a bañarse antes de que Daniel terminara sus llamadas que se había olvidado de sacar el teléfono del bolso.

–¿Qué opciones? –preguntó él desde la piscina, apoyándose en el borde, relajado–. No tenías más opciones y lo sabes.

–¿Tuve la oportunidad de buscarlas? No, porque el gran Daniel Caruana había decidido que es la única opción. Fin de la discusión. Dime, ¿a veces te resulta aburrido pisotear a la gente o siempre te resulta agradable?

–¿Por qué estás tan enfadada? –Daniel salió de la piscina y el agua escurría por su cuerpo escultural. Era la primera vez que veía a aquel hombre sin ropa. Podía haber sido una estatua de mármol convertida en realidad, un dios de la mitología. Ella notó que se le aceleraba el corazón al ver que él se acercaba, pero fue la expresión de su mirada la que le provocó un sentimiento de miedo.

–Tienes suerte de tener un lugar –soltó él–. Pero, en lugar de darme las gracias por solucionar tu problema, prefieres meterte conmigo como si hubiera sido injusto contigo.

Ella se volvió para marcharse. No estaba dispuesta a oír nada más, consciente de que sus palabras tenían parte de verdad. Kallista ofrecía una solución a su problema relacionado con la celebración de la boda, aunque también le generaba otro de otra índole.

Pero ya no soportaba más. Sentía que el control de la organización de la boda se le había escapado de las manos desde el momento en que llegó al despacho de Daniel Caruana aquella mañana. Pero también sentía que estaba perdiendo el control de sus sentimientos.

–No tengo por qué escuchar todo esto –dijo ella, pero él la tenía agarrada por el antebrazo y tiró de ella hasta que chocó contra su cuerpo.

Ella se quedó boquiabierta al sentir el calor de su cuerpo a través de la tela mojada del pareo.

Era como si él hubiese accionado un interruptor en su interior y de pronto una ola de calor invadiera su cuerpo provocando que se le hincharan los senos y se le endurecieran los pezones. Al mismo tiempo, notó un fuerte calor en la parte baja del vientre.

–¿De qué tienes miedo? –preguntó él mirándola a los ojos–. ¿Por qué siempre pareces desesperada por huir de mi lado?

–¿Quién ha dicho que tenga miedo?

Él frunció el ceño y le agarró con más fuerza el brazo tembloroso.

–¿De veras soy tan aterrador?

–Yo no… –se mordisqueó el labio inferior. No tenía sentido fingir que no tenía miedo, pero tampoco tenía que admitirlo. Alzó la barbilla–. Ahora no voy a salir huyendo.

–Mejor, porque no tendría sentido. Cuando quiero algo, normalmente lo consigo.

–¿De qué estás hablando?

–Te deseo, Sophie. Te deseo desde que entraste a mi despacho con un vestido abotonado y una actitud altiva. Te deseé casi más entonces que ahora que ya te he visto sin nada de eso.

Ella se estremeció.

–Daniel, yo…

Él le acarició el cabello.

–Tú también lo notas –dijo él–. Sientes la atracción que hay entre nosotros.

Ella intentó convencerse de que era parte del plan. Intentó convencerse de que era eso lo que ella había querido, conseguir que Daniel estuviera receptivo y así asegurarse de que la boda entre su hermana y su hermano fuera un éxito.

¿Pero cómo podía fingir que era parte del plan si cada vez que él la tocaba no necesitaba fingir que se estremecía? Entonces, sintió que él la besaba en el pelo y notó su cálida respiración contra el cuero cabelludo.

Tragó saliva y se contuvo para no levantar el rostro y besarlo en los labios. Luchó contra ello todo lo que pudo. Pero apenas tenía resistencia.

Ella también lo deseaba.

Sophie oyó que llamaban a la puerta y se volvió sin que Daniel la soltara.

–Siento interrumpiros –oyó que decía Millie–. Pero Monica está en el teléfono y quiere hablar con la señorita Turner.

–¿Conmigo?

Daniel asintió.

–No he tenido oportunidad de decírtelo, pero Moni dijo que volvería a llamar cuando hubiera hablado con Jake.

Sophie sabía que no le había dado la oportunidad de contárselo.

–Lo siento –le dijo–. Tenía la sensación de que tratabas de controlarlo todo.

–Ya me he dado cuenta –dijo con una sonrisa–. Será mejor que contestes la llamada –asintió mirando hacia la puerta–. Millie te mostrará dónde está el despacho.

–¿No vienes?

–Moni quiere hablar contigo. Pensé que preferirías hablar a solas –vio que se quedaba mirándolo y preguntó–. ¿Vas a ir a contestar o no?

Ella asintió y entró en la casa.

«Sólo ha sido una pequeña mentira», se dijo Daniel mientras se dirigía a su habitación. Sabía que no hacía falta que vigilara el curso de la conversación. Le había comentado a Monica la situación y ella se había mostrado entusiasmada, y él estaba seguro de que ni siquiera Fletcher la haría cambiar de opinión. No tenía más opción. Kallista o nada.

Además, él no pensaba hablar con Fletcher. Ni siquiera quería oír su voz.

Si todo salía tal y como había planeado, nunca tendría que hacerlo. Cuando Jo contactara con él y le hiciera la oferta, él estaría ansioso por evitar un plan de boda en territorio enemigo. No quedaba mucho tiempo para que Fletcher pusiera pies en polvorosa.

Abrió el grifo de la ducha y esperó a que el agua saliera caliente.

Había otro motivo por el que no se había quedado a supervisar la llamada. Era el tono de admiración y adoración que había oído en la voz de Monica cuando hablaba de Fletcher.

Era como…

Era como si de verdad estuviera enamorada de él.

La idea hizo que se le formara un nudo en el estómago. «De ninguna manera», pensó y se metió en el agua para tratar de olvidarse de ello. Ella pensaba que lo amaba, pero no era cierto

¿Y si lo amaba?

Respiró hondo y dejó que el chorro le cayera sobre el rostro. Entonces, la ruptura la afectaría más que nunca. Él odiaba ser el que tenía que salvar a su hermana, hiriéndola en el proceso. Pero ¿quién más podía hacerlo? ¿Quién más sabía de lo que Fletcher era capaz?

Era mejor que sufriera un poco y no que más tarde descubriera que Fletcher sólo estaba interesado en su dinero.

Y estaba seguro de que algún día ella se lo agradecería.

Monica estaba tan excitada como Daniel había dicho. Celebrar la boda en Kallista era un sueño convertido en realidad, y no podía ser más feliz. Después, le entregó el teléfono a Jake para que pudiera hablar con su hermana.

–¿Tú qué opinas, Jake? –preguntó Sophie–. ¿Estás contento con el cambio de lugar?

–Parece que no tenemos elección, teniendo en cuenta que Tropical Palms ha cancelado la reserva. Pero Monica está loca de alegría. Y si Daniel no ve problema alguno para ofrecernos su isla, yo no veo por qué he de decir que no.

Lo que significaba que ella tampoco podía decir que no. Respiró hondo y se sorprendió al ver que su cuerpo reaccionaba al oía hablar de Daniel.

–Lo que me sorprende –continuó su hermano–, es que él apoye que se celebre la boda. Eso no lo esperaba.

Él no era el único sorprendido. Ella había sido testigo de cómo Daniel había pasado de hablar de Jake como si fuera el diablo encarnado a ofrecerles aquella isla paradisíaca para celebrar su boda. Sophie sabía que Jake había aceptado que se celebrara allí porque era lo que la novia quería.

–¿Qué pasó entre vosotros? –preguntó ella–. Empiezo a confiar en que Daniel se hará a la idea de que su hermana va a casarse, pero debió de pasar algo más aparte de lo del instituto. Esta mañana reaccionó de forma muy brusca a la noticia.

Oyó un suspiro al otro lado de la línea.

–Mira, Sophie, no es algo de lo que quiera hablar por teléfono. Ni siquiera estoy seguro de que yo conozca la historia. Esperaba aclarar las cosas con Daniel antes de marcharnos, pero no contestó a mis llamadas.

–A lo mejor deberías regresar vía Cairns y solucionarlo antes de la boda. Quizá Daniel ya se haya hecho a la idea para entonces. Podría ser un buen momento para solucionarlo.

–Quizá tengas razón. Oye, tenemos que irnos. Hemos reservado unas clases de surf.

Ella estaba despidiéndose cuando su hermano añadió:

–Espera, Monica quiere decirte algo.

–¿Sophie? Sólo quería darte las gracias por estar ahí –dijo Monica–. Daniel me ha dicho que te quedarás en Kallista hasta la boda, para asegurarte de que todo sea perfecto. Para mí significa mucho que estés dispuesta a hacerlo. Muchísimas gracias. ¡Nos veremos a la vuelta!

Monica había colgado cuando Sophie recuperó el habla para contestar. ¿Iba a quedarse en Kallista? ¿Daniel le había dicho tal cosa? ¿Y cuándo pensaba comentárselo a ella?

A Daniel Caruana le gustaba tenerlo todo controlado. Era como jugar al ajedrez con alguien que siempre iba dos jugadas por delante. No permitiría de ninguna manera que él le dijera lo que tenía que hacer.

Entonces recordó que Monica le había dado las gracias por quedarse allí. Sin duda, Daniel era el responsable de todo aquello, pero Monica le había demostrado que debía de ser así. Sophie estaba atrapada entre las estrategias de Daniel y la responsabilidad que sentía hacia Monica y Jake.

¡Maldito Daniel! Pero era el hermano de Monica. Tenía que conocer a su hermana mejor que ella. Después de todo, había acertado diciendo que ella soñaba con casarse en Kallista.

A lo mejor era cierto que sólo quería que su hermana fuera feliz.

Entonces, ella estuvo a punto de soltar una carcajada. Aquél era el hombre que no se disculpaba por haber sobornado a los novios anteriores de su hermana para que desaparecieran. ¡Prácticamente alardeaba de ello! ¿De veras le preocupaba que su hermana fuera feliz? Temía que no.

Entonces, ¿por qué seguía adelante con los planes de boda?

¿De veras pensaba que esa vez su hermana estaba enamorada? La idea le resultaba incomprensible. ¿Pero qué otro motivo existía para que de pronto estuviera tan colaborador?

Sophie no lo sabía. Pero haría todo lo posible para que aquella boda fuera tal y como Monica y Jake querían, independientemente de lo que Daniel Caruana tuviera planeado

Capítulo 8

MILLIE le dijo a Sophie que Daniel había recibido una llamada importante, pero que ella le mostraría cuál sería su nuevo despacho y se aseguraría de que tuviera todo lo necesario durante su estancia.

Sophie asintió como ensimismada. Poco a poco iba asumiendo que tendría que pasar las próximas semanas en Kallista. Y lo más desconcertante era que todo el mundo lo daba por hecho. Menos mal que Monica la había advertido.

–No he traído nada de ropa –dijo ella.

Millie la informó de que Daniel ya se había ocupado de ese pequeño detalle. Al día siguiente recibiría una serie de cosas para complementar lo que ya había en el armario del cuarto de invitados.

Sophie contuvo su irritación. ¿Es que Daniel creía que por ser el dueño de la isla también podía vestirla a ella? De ninguna manera. Hablaría con Meg para que le enviara algunas cosas. Quizá tuviera que vivir allí, pero eso no significaba que tuviera que ponerse la ropa de Daniel.

El despacho de invitados estaba en el extremo de la casa, justo al lado de su habitación. Tenía vistas hacia la península y la combinación entre el mar cerúleo, la arena blanca de la costa, las montañas verdes y el cielo azul era magnífica.

Además tenía todo lo necesario en una oficina: ordenador, impresora, teléfono, fax y conexión a Internet.

Sophie miró a su alrededor, preguntándose qué tipo de personas era el que recibía Daniel para tener una oficina completamente equipada y una habitación de invitados a su disposición. Desde luego no era para recibir a sus tíos. Aunque en realidad no sabía nada de su familia, aparte de la lista de invitados que Monica le había entregado.

Pocas semanas después los conocería, suponiendo que algún día enviara las invitaciones. Monica y Jake habían elegido el formato, pero no podían imprimirlas hasta que no supieran dónde iban a celebrarla. Aparte de las invitaciones tenía que preguntarle a Daniel si podrían disponer del helicóptero y de la lancha que había mencionado.

También tendría que organizar el vuelo del cuarteto de cuerda que habían contratado y buscar la tarta. Además, Monica quería palomas.

Sintió que una ola de adrenalina la invadía por dentro. Eso era lo que más le gustaba de su trabajo, cuando conseguía encajarlo todo y la boda iba tomando forma.

Eso era sólo la punta del iceberg. Tenía muy poco tiempo y muchas cosas por hacer.

La boda sería lo más perfecta posible, y Daniel se percataría de que se había portado muy bien con su hermana y con ella. Estaba decidida a que sucediera.

Levantó la vista y vio que Millie estaba esperando:

—Es perfecto —dijo con una sonrisa, sintiéndose

bien por primera vez en el día. Por fin estaba pensando en la boda otra vez. Haciendo su trabajo en lugar de fantaseando con el hermano de la novia.

Una hora más tarde, estaba en el despacho imprimiendo unos archivos cuando Daniel llamó a la puerta.

–¿Acostumbrándote a tu nueva oficina?

Al verlo, ella sintió que se le aceleraba el corazón.

–Hay mucho que hacer para poner esta boda en marcha –dijo ella–. Sobre todo, teniendo en cuenta que no hay mucho tiempo.

Él arqueó una ceja y metió las manos en los bolsillos.

–Imagino. Por eso pensé que estaría bien sentar tu base de operaciones aquí. Me alegro de que aceptaras.

Ella se puso derecha.

–No se trataba de aceptar ¿no? Se trataba de hacerlo lo mejor posible.

–Mañana tengo que ir a Townsville a una reunión y probablemente regrese tarde. ¿Estarás bien aquí sola?

Ella estuvo a punto de decirle que probablemente le cundiría más en su ausencia que con él por allí. Sin embargo, añadió

–Tengo muchas cosas que hacer. Dudo que note que te has marchado.

Se fijó en que él ponía una mueca al mirarla. Quizá se sorprendía de que se hubiera puesto la misma ropa en lugar de haber elegido algo del armario.

–He pedido que te envíen ropa de una boutique.

–Gracias, pero mi secretaría me enviará algunas cosas.

–No es necesario.

–Al contrario –dijo ella–. Es muy necesario, y puesto que tardarán más en mandarlas aquí, he pedido que las envíen a tu oficina.

–Entonces llegarán en la lancha –dijo él–. El helicóptero estará conmigo en Townsville.

–Tengo que hablar contigo de eso –dijo ella–. Tendré que organizar el traslado de los invitados desde Cairns a la isla. ¿Podremos utilizar tu helicóptero para eso? ¿O la lancha? Si no, tendré que intentar reservar otra embarcación.

Él sacó las manos de los bolsillos como si de pronto se sintiera incómodo, y bajó la vista para mirar el reloj.

–Claro, organiza todo lo que quieras. Me olvidaba, Millie me ha pedido que te diga que la cena está lista. Vamos a cenar en la terraza. Acompáñame.

Ella lo siguió al ver que no estaba dispuesto a esperar. Así que, puesto que ya se había asegurado que la boda se celebraría allí, ¿ella podía hacer lo que quisiera? No comprendía a Daniel Caruana en absoluto.

Al día siguiente, Sophie colgó el teléfono y se masajeó la nuca. Necesitaba un descanso. Eran las cinco de la tarde y había pasado todo el día organizando y llevaba hablando por teléfono desde la hora del desayuno. Alejada de su despacho y sin que el teléfono la molestara cada diez minutos, y con Daniel fuera de la isla, el tiempo le había cundido muchísimo. Quizá aquel acuerdo funcionara mejor de lo que ella había esperado. Millie asomó la cabeza por la puerta para decirle que la cena estaría lista en una hora. El aroma ya salía de la cocina y su estómago rugía con anticipación.

Necesitaba hacer un poco de ejercicio. Un paseo escaleras abajo y un baño en la cala sería estupendo.

Se puso un bikini azul y agarró un par de sandalias de su talla del fondo del armario. Informó a Millie de dónde iba y se marchó. La escalera era más larga y empinada de lo que parecía y le llevó algún tiempo recorrerla. Durante el trayecto se detuvo algunas veces para contemplar la vista y escuchar el canto de los pájaros. Hacía calor y nada más llegar a la playa se quitó las sandalias y el pareo y se metió en el agua.

«Qué maravilla». Se sumergió y se mojó la cabeza. Era mágico. Nadie podía verla, nadie podía molestarla. Era como tener una playa privada.

La vuelta a casa completó el ejercicio que necesitaba. Sophie llegó casi sin aliento, pero mucho más relajada. Se secó la frente con la toalla y abrió la puerta de su habitación, sorprendiéndose al encontrar a alguien allí.

–Bueno, bueno, mira lo que tenemos aquí.

El hombre estaba al otro lado de su cama, en el lado donde ella había dejado el bolso. Se fijó en que era un hombre musculoso y que abría y cerraba los puños con nerviosismo. ¿Un ladrón en Kallista? Daniel no había mencionado que hubiera ladrones. Y fue cuando la miró de arriba abajo cuando ella se estremeció y temió por Millie. ¿Dónde estaba? ¿Cómo había entrado aquel hombre?

–¿Quién es usted? –le preguntó.

–¿Así que tú eres la hermana de Fletcher?

Ella se ató el nudo del pareo más fuerte.

–¿Qué hace en mi habitación?

–He de admitir que no esperaba que fueras tan guapa.

–Ojalá pudiera devolverle el cumplido, pero puesto que no lo esperaba, señor…

–Llámame Jo. Soy el jefe del equipo de seguridad de Daniel Caruana. Sólo he venido a asegurarme de que todo está bien para la señorita –sonrió y dio un paso adelante, tendiéndole la mano.

Llevaba un reloj de oro en la muñeca y una cadena a juego en el cuello. Dos anillos de oro brillaban en sus dedos manchados de nicotina. Ella le estrechó la mano con desgana.

–Un placer conocerlo –dijo ella, y se percató de que él posaba la vista justo donde el pareo se abría, cerca de la parte de debajo de su bikini. No le gustaba aquel hombre.

–¿Has vuelto? –la voz de Millie se oyó en el pasillo.

Jo soltó la mano de Sophie y se volvió.

–Hola, Millie. He venido a conocer a nuestra nueva invitada.

–Oh, Jo –dijo ella, secándose las manos en el delantal mientras los miraba desconcertada–. No sabía que estabas aquí.

–No quería molestarte, Millie. Entré sin llamar.

La mujer puso una mueca, como diciendo que él ya sabía que no debía entrar sin avisar en la casa, pero no dijo nada más.

–La cena está casi preparada, cariño –le dijo a Sophie–. Si te quieres quitar la ropa mojada.

–Suena bien, Millie –dijo Jo–. He echado de menos tu comida en el café.

–¿No te está esperando tu esposa?

–Esta noche no. Se queda en casa de su hermana. Y me he tomado la molestia de traer esto… –agarró una cosa del suelo y la dejó sobre la cama. Era un paquete. Sophie vio que Meg era la remitente.

–¿Mi ropa?

–Pensé que tarde o temprano la necesitarías.

–Gracias.

Jo suspiró y sonrió.

–Creo que me he ganado una cena. ¿Tú qué opinas?

Sophie miró a Millie. No le apetecía compartir la cena con alguien que hacía que se sintiera inquieta con tanta facilidad, pero no era de buena educación rechazar.

–¿Dónde está todo el mundo? –la voz de Daniel se oyó en el pasillo.

Sophie se sintió aliviada al ver que había llegado temprano y deseó abrazarlo. Si Jo se quedaba a cenar ella se sentiría mejor con Daniel allí.

Él entró en la habitación y, al ver la escena, sonrió a Millie. Sophie se percató de que fruncía el ceño al ver que ella estaba mojada después del baño.

–Jo, no esperaba verte aquí.

–He venido a traer el paquete que me dijiste que esperabais –dudó un instante–. Creía que ibas a quedarte más tiempo en Townsville.

Daniel puso una media sonrisa.

–Hemos terminado temprano. Gracias por traer el paquete. ¿Tenías algo más para mí?

El hombre negó con la cabeza.

–Estoy esperando. Te pondré un mensaje.

Daniel asintió.

–¿Eso es todo?

–Bueno, ¿la partida de póquer del viernes por la noche sigue en pie?

Daniel miró a Sophie y frunció el ceño.

–Esta semana no. A lo mejor la que viene.

Jo miró a Sophie y puso una sonrisita. Sophie quiso protestar diciéndole que no tenía nada que ver con ella, pero él ya se estaba marchando.

–Hasta luego –dijo él.

Millie se excusó y se marchó a la cocina diciendo que la cena estaría lista en diez minutos.

Daniel apoyó una mano en la pared y suspiró. Sophie tenía el cabello alborotado y algunos mechones se le pegaban al rostro. Su pareo mojado resaltaba las curvas de su cuerpo. Estaba mucho más guapa así que con el vestido abotonado que se había puesto el día anterior. Parecía más real. Más mujer. Sin duda, regresar a casa pronto era la mejor decisión que había tomado desde hacía tiempo.

Ella miró hacia la dirección por donde se había marchado Jo.

–Creo que no me gusta ese hombre.

–¿Jo? ¿Por qué? ¿Qué ha hecho?

–Estaba… –se cruzó de brazos y se estremeció–. No lo sé. Me miraba de una manera extraña.

–Jo es ex militar. Es duro, pero avispado. Uno de mis empleados más leales.

Daniel se percató de que Sophie seguía intranquila y se preguntó si habría sucedido algo más. Ningún hombre en su sano juicio evitaría mirar a Sophie, con la ropa mojada después del baño, las mejillas sonrojadas y el cabello alborotado, tal y como él imaginaba que lo tendría después de haber hecho el amor.

«Maldita sea». No le gustaba la idea de que otro

hombre la mirara si su imagen iba a provocarle el mismo pensamiento.

Tenía que cambiar de tema.

—¿Qué tal te ha ido el día?

—Me ha cundido mucho.

—¿Porque yo no estaba aquí? —preguntó con una sonrisa.

—Eso ha ayudado.

Su respuesta sincera hizo que él pusiera una sonrisa más amplia. Mientras que ella había tenido un día productivo en su ausencia, él había estado todo el día pensando en ella, en lo que estaría haciendo en su casa y en si se habría puesto el bikini otra vez.

—¿Tienes hambre?

A Daniel le pareció ver un brillo distinto en su mirada. ¿Deseo? Quería pensar que fuera así. Puesto que él tenía hambre de algo más aparte de comida, le vendría muy bien que ella sintiera lo mismo. En cuanto el plan Fletcher se pusiera en marcha, no tendrían muchas oportunidades. Sería una tontería que desperdiciara una de las pocas noches que tenían.

—Estoy hambrienta —contestó ella, con sus labios rosados entre abiertos.

Durante un instante, él estuvo tentado a besarla otra vez y a olvidarse de la cena. Sin embargo, la agarró de la mano e ignoró su protesta de que primero debía ducharse. En su opinión estaba preparada para servirla en una bandeja.

—Entonces, vamos a cenar.

Momentos después, Daniel decidió que le gustaba verla comer. Le gustaba en general. Incluso a pesar de que hablara de manera incesante sobre la organización de la boda. Tenía un rostro alegre y sus ojos brillaban bajo la suave luz de la luna.

Era muy bella.

Estaba allí.

Y esa noche, la poseería.

Millie estaba sirviendo el postre cuando por fin Sophie encontró el valor de preguntarle algunas cosas acerca de la boda. Daniel estaba de buen humor y no podía desaprovechar el momento.

–Tu apellido es italiano –dijo ella–. Pero naciste aquí, ¿no es así? Sé que Monica sí. ¿Tus padres eran los que venían de Italia?

Él bebió un sorbo de café y se apoyó en el respaldo de la silla.

–No –contestó–. Mi abuelo fue el que emigró. Apenas tenía veinte años y estaba desesperado por trabajar en algún lugar. Terminó en una granja de tabaco en Mareeba –señaló hacia la sombra de las montañas que se veía sobre las luces de la costa, en la península–. Está como a una hora de Cairns, en Atherton Tablelands. Trabajó duro, y en pocos años tuvo suficiente dinero como para comprar su propio lugar. Se casó con la hija de una familia que también se dedicaba al cultivo del tabaco. Sólo tuvieron un hijo, mi padre.

Ella asintió. Así que se había criado sin tíos o primos, y con la familia lejana en Italia. Eso explicaba que en la lista de invitados figuraran tan pocos familiares.

–¿Tu padre se ocupó de la granja?

–Durante un tiempo, hasta que decidió que era mejor cultivar azúcar. Le fue bien, hasta que los precios cayeron en picado. Tomó algunas decisiones equivocadas y se acabó.

—Ah, pero suponía…

Él sonrió.

—¿Que había nacido con una cucharilla de plata para llevarme a la boca? Así fue. Pero me la quitaron apenas terminé el instituto. Mi padre nunca se recuperó de las pérdidas. Sentía que había traicionado a su padre y decepcionado a su esposa. Después de aquello, no volvió a ser el mismo.

Daniel se miró las manos y ella supo que estaba pensando en sus padres. Sophie no necesitaba preguntar. Monica le había contado que una riada se había llevado el coche y que la policía había ido a su casa a darles la noticia de que sus padres no regresarían jamás. Le había contado que Daniel la había abrazado mientras ella lloraba aquella noche, y durante todas las noches de aquella semana, y que le había dicho que nunca permitiría que le sucediera nada.

Por eso protegía tanto a su hermana pequeña.

Ella era la única familia que tenía.

Era curioso cómo había disociado aquella historia de la primera impresión que le había dado Daniel. No encajaba con la imagen que se había creado de un hombre de negocios arrogante que conseguía todo lo que se proponía. Aquel hombre que estaba a su lado había consolado a su hermana entre sus brazos para tratar de calmar sus lágrimas. Había sido él quien prácticamente la había criado.

—Tus padres estarían orgullosos de ti por todo lo que has conseguido.

—Bueno, cuando uno tiene una vida lujosa se da

cuenta de lo que ha perdido cuando no lo tiene. Es un motivador poderoso.

–Estoy segura de que hay algo más. Tuviste un camino difícil. Dejaste la universidad para cuidar de Monica.

–Puede ser. También tuve suerte. Conseguí un trabajo en una empresa inmobiliaria y me salió bien. El mercado inmobiliario comenzaba a despegar justo cuando yo empecé –bebió un sorbo de café y se puso en pie–. Esto es muy aburrido.

Ella retiró la silla hacia atrás y se sonrojó.

–Lo siento. La cena ha sido estupenda, gracias. Ahora he de irme.

Él se acercó a ella y la sujetó del cuello con delicadeza.

–No quiero que te vayas. Pero no quiero hablar de mí.

–¿De qué prefieres hablar?

–¿Quién ha dicho que haya que hablar?

Capítulo 9

ELLA SE habría reído. Quería reírse para disipar la tensión que había en el ambiente, pero la mirada de Daniel le indicaba que aquello no era por casualidad.

–Toda la noche –susurró él, mirándole los labios y acariciándole la nuca–. Durante todo el tiempo que hemos estado aquí sentados, lo que de verdad quería probar era esto –inclinó la cabeza y la besó en la boca–. Mmm, estás salada –dijo él.

–Estuve nadando en la playa.

–Me gusta –dijo él, y le lamió los labios–. También sabes a café, y a algo dulce.

La besó con más fuerza, separándole los labios e introduciendo la lengua en su boca.

La brisa movía las hojas y la luna bañaba de plata el agua del mar. Pero nada importaba. No cuando sus bocas estaban unidas y ella sentía la firmeza de su cuerpo contra el suyo.

Él la besaba de manera apasionada, jugueteando con la lengua en el interior de su boca e inclinándole la cabeza para mordisquearle el cuello.

Y cuando le acarició uno de sus pechos, ella notó que le flaqueaban las piernas.

–Hazme el amor –dijo él, mordisqueándole el lóbulo de la oreja.

Sophie sintió que una ola de placer la invadía por dentro y que le humedecía la entrepierna.

–Apenas nos conocemos –susurró ella, sorprendida de cómo había reaccionado su cuerpo.

Ella no mantenía relaciones sexuales esporádicas, ni tenía aventuras de una noche. No deseaba a cualquier hombre.

–Está claro que nos deseamos.

Al sentir que él le acariciaba el pezón con el pulgar, ella gimió y se olvidó de protestar.

–Me deseas.

–No puedo –dijo ella, negando con la cabeza–. Esto es una locura. Jake y Monica…

–Están en Hawái –la besó de nuevo para persuadirla.

–Se supone que estoy aquí para planificar su boda.

–Y entretanto, ¿has de vivir como una monja?

–Pero no significa nada.

–Significa que nos deseamos.

–Yo no hago este tipo de cosa.

–¿Has querido hacerlo antes alguna vez?

Ella negó con la cabeza y él le agarró las manos.

–Entonces, a lo mejor ha llegado el momento de que lo hagas.

Sophie no encontraba la fuerza de voluntad necesaria para evitarlo. De pronto…

–¡Millie! –susurró mirando a su alrededor y tensándose entre los brazos de Daniel.

–Se ha retirado a su apartamento para la noche. Estamos solos, Sophie. Tú, yo y la luna –le acarició la espalda y ella se estremeció.

–Esto es una locura. Estoy llena de arena.

–Algo que tiene fácil solución –la tomó en brazos como si no pesara nada.

Se movía con la seguridad de un hombre que sabía lo que ambos querían. Ella deseaba que sucediera. Él abrió la puerta corredera con un pie y la besó hasta que comenzó a respirar de forma entrecortada.

«Estoy loca», pensó ella. Un día antes deseaba separarse de aquel hombre y, en esos momentos, no podía esperar para hacer el amor con él.

Daniel abrió otra puerta y entró en una habitación. Era muy amplia y tenía una cama enorme. La luz de la luna iluminaba la estancia lo suficiente como para que no hiciera falta encender la luz. Daniel pasó junto a la cama y se detuvo un instante para quitarse las sandalias y dejar su teléfono móvil, antes de dirigirse al baño, iluminado también por la luz de la luna.

Con ella en brazos, entró en la enorme ducha y abrió el agua. Ella notó el chorro del agua procedente de una ducha tan grande como un plato y sintió que se le refrescaba la cara. Entonces, una vez recuperado el sentido común, se percató de lo que había hecho.

–¡Estás empapado!

Daniel se rió y la dejó en el suelo estrechándola contra su cuerpo, de forma que ella pudo sentir la presión de su miembro erecto.

–¿Qué más da que esté mojado si nos vamos a quitar la ropa de todas maneras?

La besó y ella sintió que una ola de deseo la invadía por dentro otra vez. Él le desató el pareo y la tela cayó al suelo.

–Eres preciosa –dijo él, mirándola con deseo y acariciando su cuerpo cubierto tan sólo por el bikini.

Sophie se estremeció y deseó acariciar la piel que se escondía bajo una camisa mojada. Comenzó a desabrocharle los botones y él la besó en los labios. Al ver que el segundo botón se le resistía, estiró de la camisa y dejó su pecho al descubierto. Se lo acarició con las uñas y le tocó uno de sus pezones turgentes.

Él gimió contra su boca y la soltó un instante para quitarse la camisa rota. Después llevó las manos a su espalda para quitarle la parte de arriba del bikini.

Contempló sus senos durante un momento y se los acarició, jugueteando con sus pezones hasta que ella se arqueó contra sus manos. Entonces, él agachó la cabeza y cubrió uno de sus pezones con la boca.

«Oh, cielos», de pronto, Sophie sintió que la espalda de Daniel no era suficiente, que necesitaba más. Le desabrochó el cinturón para liberar la fuerza poderosa que se ocultaba detrás del pantalón. Una fuerza que sabía iba destinada a ella.

La desesperación gobernaba sus movimientos y mientras el agua acariciaba su cuerpo desprendiéndolo de la sal del mar, también se llevaba su inhibición.

¿Desde cuándo era una mujer que daba el primer paso en el terreno sexual? ¿Cuándo había decidido tomar el camino más peligroso en lugar del más seguro? Él deslizó la boca por su cuerpo y cuando llegó a la altura del ombligo jugueteó sobre él con la lengua, mientras llevaba una mano a la parte de abajo de su bikini. Ella era incapaz de pensar, sólo podía sentir.

Él la apretó contra la pared, acariciándole un pecho con una mano y los muslos con la otra. Entonces, colocó la boca sobre su entrepierna, encontrando la parte más íntima de su ser, húmeda y ardiente de deseo.

Ella enredó los dedos en su cabello mientras él la

deleitaba con sus caricias provocando que gimiera. En un momento dado, Daniel percibió su fuerte deseo y succionó sobre su entrepierna a la vez que la penetró con los dedos.

Sophie sufrió una explosión de sensaciones, como un arco iris de intensos colores. Vivos y potentes.

El color de Daniel.

Él la tomó en brazos antes de que se derrumbara, cerró el grifo y agarró una toalla para colocarla en la cama antes de tumbar a Sophie sobre ella.

–Guau –dijo ella–. Impresionante.

Sus palabras bastaron para que él sufriera una erección bajo los pantalones que ella no le había conseguido quitar. La imagen de ella tumbada sobre su cama bajo la luz de la luna era sobrecogedora.

¡La deseaba! Ella había alcanzado el clímax de una manera tan espectacular que él había tenido que contenerse para no poseerla y compartir el momento con ella.

Pero habría otros momentos, todos los que él pudiera aprovechar antes de que ella descubriera la verdad.

Daniel se quitó los pantalones empapados y los dejó caer al suelo. Después liberó su miembro de la presión de la ropa interior.

–Eres impresionante –dijo ella.

Él se arrodilló sobre una rodilla a su lado, agarró una esquina de la toalla y comenzó a secarle la piel.

–Tú sí que eres impresionante –dijo él, inclinándose para besarla–. Y la próxima vez tengas un orgasmo quiero estar dentro de ti.

Ella lo miró y sonrió.

–Quiero sentirte dentro de mí.

Él gimió y sintió que el deseo estallaba en su interior al oír sus palabras. Él había llegado al límite momentos antes, cuando ella llegó al orgasmo gracias a las caricias de su boca. Pero nada podría superar a la sensación de alcanzar el clímax en su interior.

Sus miradas se encontraron, sus bocas se fusionaron y sus cuerpos se entrelazaron en la cama.

Él gimió de placer al sentir que ella lo acariciaba, jugaba con su miembro y lo guiaba hasta la entrada de su cuerpo.

Daniel se colocó entre las piernas de Sophie y se estiró para sacar un preservativo del cajón.

—Déjame —dijo ella, bajando la vista como si le diera vergüenza mirarlo.

Él se percató de lo valiente que estaba siendo al preguntárselo y se lo entregó. Aquélla no era una mujer que actuara con confianza y soltura. Era una mujer que se había sumergido en aguas profundas y estaba deseosa de aprender a nadar. Él apretó los dientes mientras ella le colocaba el preservativo, y aunque a Daniel le parecía que su cara de concentración era encantadora, sabía que su inocencia a la hora de actuar sería su perdición.

Todo era su perdición: el roce de sus dedos. La tentación de sus piernas separadas. El aroma a deseo de una mujer cuya piel se volvía de color perla a la luz de la luna.

Él se detuvo un instante sobre ella, un momento de calma antes de la tormenta, un momento para cuestionarse qué había hecho para merecer un festín como aquél.

—¡Por favor! —dijo ella, desesperada por sentir el

alivio que sólo él le podía proporcionar–. ¡Ahora, por favor!

Daniel la poseyó con un rápido movimiento y ella lo miró con los ojos bien abiertos.

Él decidió que podría quedarse allí, entre aquella musculatura tensa, durante mucho tiempo, pero sabía que no sería suficiente.

Se retiró hacia atrás y la penetró de nuevo. Ella gimió y él capturó el sonido del éxtasis con su boca, saboreando su placer mientras comenzó a moverse con rapidez.

Ella lo acompañó, moviendo las caderas y utilizando la musculatura para sujetarlo un momento, a pesar de que el ritmo era frenético y descontrolado.

Su piel mojada por el sudor brillaba bajo la luz de la luna, respiraba de manera agitada y cada vez que él la penetraba gemía más fuerte.

–¡Daniel! –exclamó ella, temblando antes de llegar al límite.

Él cubrió uno de sus senos con la boca y succionó con fuerza, la penetró de nuevo y estalló en su interior con la intensidad de los fuegos artificiales.

Ella alcanzó el orgasmo y el estallido de color y pasión provocó que él se estremeciera y la acompañara hasta el final.

Más tarde, cuando la luna ya había alcanzado lo más alto del cielo y Sophie dormía tranquila, él salió a la terraza en pantalones cortos para tratar de calmar su pensamiento.

«Eléctrica», ésa era la palabra que había encontrado para describir cómo había sentido a Sophie. Era como si se hubiese convertido en tormenta eléctrica, vibrante de energía y cayendo como un rayo sobre él.

Pero ¿cuántas noches tendrían? ¿Cuántas oportunidades tendría de adentrarse en su interior y sentir cómo alcanzaba el orgasmo junto a él?

Se volvió y miró por la ventana de su habitación, donde ella estaba tumbada en la cama, bajo la luz de la luna, con la cabeza girada y un brazo colgando.

¿Cuántas noches?

¿O es que aquello iba a terminar antes de comenzar?

Él caminó descalzo por la terraza, negándose a abrir el teléfono que había oído sonar. Por eso había salido al exterior.

«Maldita sea». Quería deshacerse de Fletcher. Quería que se demostrara que aquella boda era una farsa. Pero cuando lo hiciera, cuando Fletcher recibiera su dinero, ella también se marcharía, ansiosa por cobrar su parte.

A esas alturas, Jo ya le habría hecho una oferta. Era posible que Fletcher hubiera aceptado y que estuviera de camino para recogerlo, liberando a Monica.

Él quería que Monica quedara libre.

Pero entonces, Sophie se marcharía.

Daniel se frotó la nuca y suspiró. Sólo había una manera de descubrirlo. Abrió el teléfono y miró los mensajes.

Había uno de Jo.

Fletcher ha dicho No, leyó Fletcher y soltó el aire que estaba reteniendo.

Cerró el teléfono y se volvió para contemplar la vista de la costa. Jo estaría esperando a que él le diera instrucciones para que aumentara la cifra pero, por el momento, Jo podía esperar. Y eso significaba que él podía disfrutar de Sophie.

Además, ella parecía disfrutar haciendo los planes de boda.

¿Quién era él para privarla de su diversión?

–¿Daniel? –ella estaba de pie junto a la puerta corredera, vestida tan sólo por los rayos de la luna y su melena dorada. Al momento, él notó que su cuerpo reaccionaba–. ¿Ocurre algo?

Él le tendió la mano.

–No podía dormir –dijo él.

Ella se acercó moviéndose tímidamente y en silencio. Le agarró la mano y permitió que la estrechara entre sus brazos junto a la barandilla.

–¿Hay algo que pueda hacer? –preguntó ella mientras él le acariciaba la nuca, inhalando su aroma de mujer.

Después, él la acarició desde un pecho hasta el muslo y ella arqueó la espalda con un suspiro.

¿Había algo que ella pudiera hacer?

«Oh, sí».

Ella gimió al sentir que él le acariciaba la entrepierna mientras, con la otra mano, buscaba algo en el bolsillo. Quería aullar bajo la luna cuando encontrara lo que necesitaba.

–A lo mejor sí puedes hacer algo –dijo él, mientras abría el paquete con los dientes. Se quitó los pantalones cortos y los echó a un lado mientras se ponía el preservativo. Después, la acarició con ambas manos.

–¡Daniel! –exclamó ella, jadeando con los pezones erectos entre sus dedos.

Él le separó las piernas y la penetró con un delicioso empujón desde atrás.

Las luces de la costa titilaban en la orilla lejana, el mar brillaba donde reflejaba la luna, y la brisa contenía el aroma de miles de flores exóticas. Cuando llegaron al éxtasis, las luces, el mar y la luna permanecieron iguales, pero la cálida y perfumada brisa se llevó también el grito que contenía sus dos nombres.

Capítulo 10

NO HAY prisa –dijo Daniel desde la mesa de su escritorio–. Deja que sude un poco. No tenemos que parecer ansiosos.

–Creía que tenías prisa –dijo Jo, moviéndose en la silla.

Daniel agarró un pisapapeles de la mesa y tanteó su peso pensando en que los senos de Sophie debían de pesar más o menos lo mismo.

–Tenías prisa, o eso dijiste.

–He oído que la paciencia es una virtud.

Jo se secó la frente con un pañuelo.

–Creo que deberías hacerle otra oferta. Presionarlo. Está claro que es lo que está esperando.

–Y yo creo que deberías escucharme cuando te digo que estoy dispuesto a esperar.

–Entonces ¿ya no te preocupa que tu hermana esté con él? ¿Después de lo que le pasó a la otra chica?

Daniel dejó el pisapapeles sobre la mesa, y giró la silla para mirar fijamente a Jo.

–Esa otra chica se llamaba Emma.

–Sí. Ella. No querrás que le pase lo mismo a Monica.

¿Quién era Jo para decirle lo que tenía que hacer? Pero Monica era su hermana.

Y si le pasaba algo, él nunca se lo perdonaría.

Aunque Sophie era un pasatiempo muy agradable y sexualmente impresionante, podía prescindir de ella.

Pero no de Monica. ¿Qué derecho tenía a darle prioridad a sus deseos antes de asegurar el bienestar de su hermana?

–Está bien –dijo entre dientes, agradeciendo que Jo supiera lo que había sucedido y le pusiera los pies en la tierra–. Dobla la oferta. Dos millones.

Si Millie se había percatado de que habían dormido juntos no dijo nada. La cama de Sophie estaba sin deshacer mientras que la de Daniel estaba completamente deshecha.

Sin embargo, la sonrisa de Millie parecía sincera cuando le llevó una taza de té a media mañana.

–¿Qué tal, cariño? –preguntó y se fijó en las fotos de tartas de boda que Sophie había sacado de Internet–. Uy, son estupendas. Antes de trabajar en el café solía hacer tartas de boda, no tan modernas como éstas, por supuesto.

Sophie asintió pensativa. No podía olvidar la noche que había pasado con Daniel. Era el tipo de amante que salía en los libros. Siempre había pensado que nadie podía hacer el amor tantas veces en una noche. Nadie.

Pero Daniel lo había hecho. Y cada vez había sido distinta, y mejor.

No le extrañaba que no pudiera concentrarse en el trabajo. Todavía intentaba contar las diferentes formas en que habían hecho el amor y el número de orgasmos que había tenido en sólo una noche.

–¿Hmm? –murmuró al oír las palabras de Millie.

–Nunca pude hacer ese tipo de cosas –continuó Millie–. Las mías eran al estilo antiguo, pero ésas son muy bonitas.

–¿Hacías tartas de boda? –preguntó Sophie cuando por fin encontró sentido a sus palabras.

–Antes. Una vez gané un concurso con mi receta de tarta de fruta. No soy muy buena aprendiendo cosas nuevas, como esa comida tailandesa y vietnamita que sé que le gusta al señor Caruana, por ejemplo. Pero puedo hacer la clásica tarta de boda.

Sophie no podía oír lo que estaba oyendo.

–Monica quiere una tarta tradicional. Algo como… –rebuscó entre los papeles que tenía sobre la mesa–. Algo así.

–¡Oh! –Millie miró la foto y suspiró–. Es la de la boda de sus padres. Nunca llegué a conocerlos. ¿A qué Monica se parece mucho a su madre?

Sophie asintió.

–Y esa tarta… –continuó Millie–. Hice una igual para la boda de Sybil Martin, sólo que con rosas frescas en lugar de orquídeas –negó con la cabeza–. Fue un duro trabajo mantener esas rosas en este clima. Las tuvimos en la nevera hasta el último momento.

–¿Hiciste una tarta como ésta?

–¡Un pedazo de tarta! –dijo la mujer entre risas.

–Millie, ¿crees que podrías hacer una para Monica y Jake? A cambio, a lo mejor puedo enseñarte a cocinar comida tailandesa. Es muy sencillo. Mucho más fácil que hacer una tarta de boda.

–¿De veras quieres que haga yo la tarta de boda?

–En serio. Te pagaría, por supuesto. No espero que hagas todo ese trabajo por nada. Y daremos la

primera clase de cocina tailandesa en cuanto tenga-
mos una oportunidad.

Daniel entró en la casa contrariado. Su día había
sido una pérdida de tiempo.

Había estado esperando a que sonara su teléfono.
Esperando a que llegara el mensaje que pondría fin a
su aventura con Sophie. Porque era imposible que
Fletcher rechazara dos millones de dólares en efectivo.

Un delicioso aroma provenía de la cocina y no
pudo evitar acercarse a averiguar cuánto quedaba para
comer.

Lo último que esperaba era encontrar a Millie y a
Sophie junto a los fogones.

—Señor Caruana, no lo he oído entrar.

Él no se sorprendió, había tantas sartenes y *woks*
en los fogones que el extractor no daba abasto. Pero
fue la reacción de Sophie lo que llamó su atención.
Ella levantó la vista de lo que estaba cortando y se
sonrojó.

Millie le sacó una cerveza y se la dio.

—Sophie me está enseñando a cocinar comida tailandesa. Espero que tenga hambre. Tenemos un ver-
dadero festín para usted.

Él abrió la cerveza y se sentó en uno de los tabu-
retes de la encimera de la cocina.

—No me has contado que sabes cocinar, Sophie.

Ella lo miró de reojo.

—Puedo hacer muchas cosas.

Él levantó la botella de cerveza hacia ella.

—Por descubrir tus talentos ocultos –sonrió al ver

que ella se sonrojaba aún más. ¿Cómo podía ser tan tímida pero tan explosiva en la cama? Pero entonces recordó a la mujer que la noche anterior se había medio escondido junto a la puerta, como avergonzada de su desnudez, y él se sorprendió de nuevo al recordar que parecía inexperta. No era virgen, pero tampoco se había acostado con muchos hombres, eso seguro.

En esos momentos, pitó su teléfono. Y la cerveza le pareció amarga.

–¿Sabes qué? Millie solía hacer tartas de boda. Ha aceptado hacer la de Monica y Jake. ¿No es estupendo?

De pronto, la cerveza ya no estaba amarga, sino que sabía horrible.

Daniel se puso en pie y dejó la cerveza sobre la encimera.

–Tengo que hacer una llamada.

–No tarde mucho –dijo Millie–. La cena estará lista en veinte minutos.

Daniel cerró la puerta de su despacho dando un portazo. ¿Cómo podía Sophie fingir que la boda seguía adelante cuando sabía perfectamente que no era así?

¿Y cómo podía crearle esperanzas a Millie acerca de preparar una tarta de boda para un evento que no se iba a celebrar?

¿Por qué insistía tanto en aquella fantasía de celebrar una boda?

Era una buena actriz. Y había que serlo para fingir que la boda era real e involucrar a todo el mundo en su plan.

Sin embargo, ¿qué tipo de actriz se sonrojaba cuando le pedían algo?

¿Estaría equivocado Jo respecto a sus motivos? ¿Pensaría Sophie que la boda era real? Nada de lo que él había visto hasta el momento indicaba que ella no estuviera poniendo todo su esfuerzo para organizar el evento.

Y nada de lo que había hecho indicaba que se hubiera enterado de la oferta de un millón de dólares que le habían hecho a su hermano.

¿Podría ser que Fletcher la estuviera utilizando a ella también?

La idea le parecía plausible. Fletcher no sentía lealtad hacia su hermana. Después de todo, sólo se conocían desde hacía unos años. Sophie y su empresa eran sólo una tapadera. Se negaba a creer que Sophie formara parte del plan de Fletcher.

El hermano de Sophie la estaba utilizando. Ella y su negocio daban credibilidad a su historia, eso era todo.

Y, en cuanto Fletcher tuviera el dinero saldría huyendo y dejaría a Monica y a Sophie destrozadas y Daniel tendría que consolarlas.

Alguien como Fletcher podría hacer una cosa así.

El teléfono pitó de nuevo, recordándole que tenía mensajes sin leer. Daba igual cuál fuera su idea, tenía que enfrentarse a los hechos.

Comprobó los mensajes y encontró el de Jo que estaba esperando.

Fletcher y Monica están en un crucero de tres días. La oferta está hecha. Espero respuesta a su regreso.

Daniel soltó parte de la angustia que había contenido desde que sonó su teléfono por primera vez. Así que Fletcher y Monica estaban disfrutando de todos los atractivos de Hawái. Sabía que debía estar más enfadado con la idea de que su hermana estuviera con aquel hombre.

Pero no era así, y todo porque él tenía a la hermana de Fletcher.

Tres días serían más que suficientes. Al final, Fletcher tendría que asumir su derrota y Daniel ya habría disfrutado de Sophie. ¿Pero tres días serían suficientes para apagar el fuego que sentía en su interior?

«Más que suficientes».

Llamaron a la puerta y la abrieron despacio.

–¿Daniel? –Sophie asomó la cabeza–. La cena está lista.

Él se levantó enseguida y se dirigió a su lado. Estaba dispuesto a sacar el máximo partido a los tres días siguientes. Colocó una mano sobre su nuca y la besó.

–Oh –dijo después de besarla de manera apasionada–. Créeme, estoy preparado.

Después hicieron el amor en la piscina. Despacio, acariciándose con la lengua, entrelazando sus cuerpos y disfrutando de un exquisito placer. Hasta que, finalmente, ambos llegaron al orgasmo provocando que el agua se agitara y se llenara de espuma.

Más tarde, cuando el agua y el latido de sus corazones se habían calmado y ella permanecía acurrucada contra su cuerpo, Daniel se preguntó si esos tres días serían suficientes. Acababa de disfrutar de la mejor relación sexual de su vida y, por la manera que aquella mujer reaccionaba a sus caricias, sabía que todavía podía disfrutar mucho más.

Ella se retorció entre sus brazos y sonrió.

—Gracias —le dijo, acariciándole el torso.

Él le agarró la mano y se la besó.

—¿Por qué?

—Por muchas cosas. Por hacer el amor conmigo en la piscina. Y en la terraza. Y en la ducha. No creo que lo olvide durante un tiempo.

Daniel sonrió. ¿Habían hecho el amor por primera vez la noche anterior? Lo habían hecho tantas veces que le parecía que llevaban más tiempo juntos.

—Ha sido un placer —dijo él mientras disfrutaba de las caricias que ella le estaba haciendo en el pezón.

—Nunca imaginé que podía ser tan maravilloso. Tampoco es que haya tenido mucha experiencia, claro. No como tú, supongo. Probablemente hayas estado con montones de mujeres.

—¿Importa? Hasta ahora, eres la mejor

—Sí, claro —dijo ella, sonrojándose.

Él no sabía por qué lo había admitido, pero no estaba dispuesto a echarse atrás.

—¿Y cuántos amantes has tenido?

Ella arrugó la nariz.

—Me da un poco de vergüenza. Sólo uno. Bueno, dos, si cuentas la primera vez. En realidad sólo uno.

—¿Y quién era?

—Un chico que conocí. Trabajé como voluntaria durante un año dando clase de inglés en un pequeño pueblo de Tailandia.

—¿Allí es donde aprendiste a cocinar tan bien?

—¿Te gustó?

—Me encantó —dijo él, besándola en la nariz—. Gracias.

—Me alegro. Craig era otro voluntario de Nueva

Zelanda. Éramos los únicos extranjeros y el lugar estaba bastante aislado. Yo sentía nostalgia y mi madre acababa de ponerse enferma, no estaba muy mal, todavía, pero yo estaba preocupada y todavía me quedaban seis meses de contrato...

–Y Craig estaba allí.

–Y Craig estaba allí. Era un chico bastante agradable, pero ambos sabíamos que era algo temporal. Él me ayudó a sentirme mejor cuando estaba triste y me sentía sola.

–¿Y quién fue el otro?

–Eso me da más vergüenza. Me enamoré de un chico del colegio. En una fiesta, alguien echó alcohol al ponche y Simon y yo nos dejamos llevar, un poco más de la cuenta, ya sabes. Fue terrible. Ambos nos quedamos tan avergonzados que no volvimos a hablarnos.

Él sabía a qué se refería. Durante el instituto también había tenido algunas relaciones esporádicas. Hasta que Emma y él se hicieron pareja.

No quería pensar en Emma en esos momentos. No mientras estaba acostándose con la hermana de Fletcher.

Se separó de ella y se sentó cubriéndose el rostro con las manos, esperando a que lo invadiera el dolor y el sentimiento de culpa por haberse acostado con aquella mujer.

Y que lo hubiera disfrutado, ¡después de lo que Fletcher había hecho!

Entonces, cuando lo invadió el dolor se percató de que no era tan intenso como había esperado.

–¿Qué ocurre?

Él miró hacia el cielo estrellado y suspiró.

–Es tarde y he madrugado mucho. Vamos a la cama.

Al día siguiente, Sophie miró por la ventana de su despacho y se preguntó si algún día recuperaría la capacidad para concentrarse más de dos minutos seguidos. Los últimos días habían sido maravillosos y era difícil imaginar un día en el que el sexo y los recuerdos de sus encuentros no fueran una parte primordial de su vida.

Pero ¿cómo había pasado de tener una vida ordenada y controlada a obsesionarse con las sensaciones que la invadían por dentro?

Y ¿cómo era posible que Daniel la hiciera sentir de esa manera con tan sólo una mirada o una caricia?

Miró el reloj. Daniel llegaría pronto, como había hecho durante los últimos días. La noche anterior, Millie les había preparado una cesta de picnic y habían cenado en la cala privada, turnándose entre bañarse, hacer el amor y darse de comer el uno al otro.

Si aquello continuaba así, cualquier chica podría sentirse especial.

Aunque él no le hubiera dicho que ella había sido su mejor amante hasta el momento, ella podría haber llegado a esa conclusión. Pero aunque él le hubiera dicho la verdad, sus palabras le habían recordado que ella no era más que una de muchas y que Daniel estaba acostumbrado a seguir buscando.

Sin duda, lo haría de nuevo.

Tras un suspiro, Sophie trató de concentrarse en el motivo por el que estaba allí. Había ido para organizar una boda, y no para enamorarse de Daniel Caruana. Aquella relación no tenía futuro porque después de la boda, ella no tendría motivo para quedarse en la isla y tendría que regresar a Brisbane.

Un sonido indicó que había recibido un mensaje de correo electrónico. Ella se volvió hacia el escritorio y abrió la carpeta de mensajes. Al ver que había uno de Jake, sonrió. Lo abrió preguntándose cómo les habría ido en el crucero. Enseguida, frunció el ceño.

Tengo que hablar contigo. Es urgente. ¿Estás sola? J.

Ella releyó el mensaje y contestó brevemente.

Segundos más tarde, sonó su teléfono.

—Jake, ¿qué ocurre? ¿Monica está bien?

—Está bien. Ha ido a la peluquería. Los dos estamos bien. Tengo que darte un mensaje para Caruana.

—Claro, dime.

—Dile que no quiero su dinero. Que retire a sus hombres.

Sophie se quedó de piedra.

—¿Qué dinero? —preguntó, pero lo adivinó antes de que él contestara.

—El dinero que me ha ofrecido para que deje a Monica. No llevábamos aquí más de diez minutos y ya me había llamado su matón. Me ofreció medio millón de dólares por dejarla.

—¿Te ofreció qué? —Sophie se dejó caer sobre la silla. Era una suma obscena, pero lo que ella había estado haciendo mientras él planeaba cómo deshacerse de su hermano, también era obsceno.

Se había acostado con él.

Y mientras él fingía apoyar los planes de boda que ella había estado haciendo, también se había ocupado de buscar la manera de que la boda no se celebrara.

–Sólo fue una estrategia para comenzar la negociación –continuó su hermano–. Le dije que me dejara en paz y entonces me ofreció un millón.

Sophie sintió una fuerte presión en el pecho. Aquello no podía ser cierto.

–¿Estás seguro de que ha sido Daniel?

–Sí, es él. Y su matón, Jo Dimitriou. Lo conozco, pero no sabía que trabajaba para Caruana. Me da mala espina. Ten cuidado con él. Es peligroso.

–Debería haberte avisado, Jake. Daniel lo ha hecho otras veces. Me refiero a ofrecer dinero para deshacerse de los novios de Monica.

–¡Bastardo! Monica me dijo que empezaba a pensar que había algo malo en ella, y que por eso ningún hombre se quedaba a su lado.

–¿Qué vas a hacer?

–Quedarme aquí, de momento. Supongo que es mejor dejar a Monica al margen. Todavía no se lo he dicho. Cree que su hermano es un encanto.

–Lo comprendo.

–Escucha, Sophie, no he aceptado la oferta de Jo. Está claro que no hay manera de que Caruana me escuche pero, si se lo dices tú puede que te crea. ¿Puedes decírselo? Dile que se ahorre el esfuerzo. Que no importa cuánto me ofrezca, que la respuesta seguirá siendo no. Dile que voy a casarme con su hermana, le guste o no.

Sophie colgó el teléfono y miró a su alrededor. Allí estaban todas las fotos que había colgado, las listas que había preparado, las muestras de papel para hacer las invitaciones y los tipos de tela que había buscado para elegir un color.

Daniel no tenía intención de que aquella boda siguiera adelante. Entonces ¿qué estaba haciendo ella allí?

Oyó unas voces que provenían del pasillo y tuvo que contener las náuseas.

Daniel había regresado a casa.

Daniel había tenido un día infernal en el trabajo. Y Jo había estado dándole la lata acerca de la idea de subir la oferta que le había hecho a Fletcher después de que la hubiera rechazado una vez más. Lo peor de todo era la idea de que quizá el hecho por el que Fletcher había rechazado la oferta fuera que amaba a su hermana de verdad. No quería pensar en ello.

Si Sophie no hubiera estado en casa esperándolo, nada habría hecho que ese día mereciera la pena.

Millie le había dado una cerveza nada más entrar.

—Gracias, la necesitaba —dijo él, sorprendido de que Sophie no estuviera por la cocina a esas horas—. ¿Dónde está? —preguntó él.

—Supongo que todavía está trabajando en su despacho. Es probable que no te haya oído entrar. ¿Por qué no va y la saca de delante del ordenador? Lleva ahí todo el día.

«Será un placer», pensó Daniel. Terminó la cerveza y tiró la botella. Se sentía mejor.

De camino al despacho de Sophie se quitó los zapatos y se desabrochó la camisa. Si tenía que apartarla de la pantalla no quería perder tiempo con tonterías.

Podía imaginar sus manos frías sobre la piel y el tacto de su lengua sobre su miembro erecto. La imaginaba temblando de deseo bajo su cuerpo, justo antes de que él la penetrara.

Eso lo hizo sentir mucho mejor.

La puerta estaba abierta y vio que Sophie estaba mirando por la ventana.

–Toc, toc –dijo él.

Ella se volvió y permaneció inmóvil. Su expresión era fría y su mirada tensa, y él se preguntó qué había pasado para que estuviera así. Esa misma mañana ella le había dicho que estaba deseando que regresara a casa.

A lo mejor tenía razón. A lo mejor tres días eran más que suficiente para agotar lo que tenían entre ellos. Una lástima, teniendo en cuenta que Fletcher había rechazado la oferta y tenían más tiempo antes de que sucediera lo inevitable.

Pero la idea de que ella hubiera perdido el interés en él era dolorosa. Siempre había pensado que sería él quien decidiera cuándo terminaría aquella relación.

–¿Cómo te ha ido el día? –preguntó él–. ¿Has conseguido organizar muchas cosas para la boda?

Ella lo fulminó con la mirada.

–¿De veras te importa?

–Lo admito, hablar de una boda no tiene tanto atractivo para mí como para ti. Pero no permitas que eso te prive de hacerlo. No hay nada que me guste más que oír cuáles son las flores que has elegido al final de un largo día de trabajo.

–¡Bastardo!

–No sé qué te pasa, pero es evidente que no quieres compañía. ¿Si me disculpas?

Apenas había llegado a la puerta cuando oyó las palabras.

–¿Le has ofrecido dinero a Jake para que deje a Monica?

«Así que ella no estaba metida en el juego», fue lo primero que pensó. Sospechaba que Fletcher se estaba aprovechando de ella y tenía razón. Entonces, ¿por qué se lo había contado?

Eso no importaba. Lo importante era que ella se había enterado y por eso estaba enfadada.

—¿Te lo ha contado él?

—¡Contesta a mi pregunta! Tú, o ese matón al que llamas jefe de seguridad ¿le habéis ofrecido dinero a Jake para que rompa con Monica? Me parece que ésa ha sido tu forma de actuar otras veces.

Él se puso tenso y respiró hondo. La verdad había salido a la luz. No tenía sentido negarlo, aunque deseara que ella no se hubiera enterado. Aunque quisiera que la otra Sophie, la mujer cálida y sensual que respondía ante sus caricias, regresara a su lado, no era posible. Esa Sophie se había marchado, probablemente para siempre, y aunque le hacía daño pensarlo, siempre había sabido que sucedería.

Así que sólo podía defender sus actos.

—Dirá que sí. Todos lo hacen.

Se percató de que a Sophie le temblaron las piernas al oír sus palabras. Pero ella no se cayó. Se puso derecha y lo miró.

—Por el amor de Dios, Daniel. ¿No te das cuenta? Jake ama a Monica.

—Eso dice.

—¡Porque es la verdad! Y me ha pedido que te diga que no quiere tu dinero, ni aunque le ofrecieras quinientos mil, o un millón, o la cifra que se te ocurra. No lo quiere porque va a casarse con Monica te guste o no.

Él frunció el ceño.

–Pensé que habías cambiado –continuó ella–. Pensé que el hecho de que insistieras en que la boda se celebrara aquí, y en que yo me quedara para organizarla… –negó con la cabeza–. Sé que estás desesperado por proteger a tu hermana porque es todo lo que tienes, y que has estado cuidando de ella desde que tus padres murieron, pero pensé que por una vez estarías más interesado en su felicidad que en apartarla del mundo. Creía que durante los últimos días habías cambiado de opinión ante la boda, aunque te costara admitirlo.

Sophie respiró hondo y alzó la barbilla antes de continuar hablando.

–Creía que tenías alguna esperanza. Lo siento. Me equivocaba.

Las últimas palabras fueron las que hicieron que se enojara. Ella no lo conocía de nada y, sin embargo, ¿se atrevía a decirle que era decepcionante?

–¡No sabes nada al respecto!

–Sé que no soportas la idea de que otra persona quiera a tu hermana, tanto así que siempre has pagado a todos lo que se acercaron a ella para que la dejaran.

Él se volvió y golpeó la pared con la mano.

–¿Y crees que no tengo motivo?

–Claro que tienes motivo, estás celoso porque la apartarán de tu lado. Y te pones la excusa de que no son más que cazafortunas para alejarlos.

–¡No! –con unos pocos pasos se colocó frente a ella–. ¿Monica te ha hablado de Cal, su primer novio, su primer amor?

Sophie dio un paso atrás.

–No específicamente. Me contó que había tenido

algunos novios, pero que ninguno se había quedado a su lado. Y todos sabemos por qué, ¿no?

–¿Sí? Deja que te hable de Cal. Era un chico ambicioso y dispuesto a tener un millón de dólares antes de cumplir veintiún años.

–¿Y eso era motivo para que no te gustara? ¿Tú no hiciste algo parecido?

–No de esa manera. No chantajeando al hermano de la chica de la que se supone que estás enamorado. No grabando un vídeo de ellos haciendo el amor.

–¿Hizo eso?

–O le pagaba o colgaba las imágenes en Internet. Mi hermana. Su primera vez. ¿Sabes lo que eso significa para un hermano que se supone que tiene que cuidar de ella? Por supuesto, le pagué el dinero.

–Daniel, no tenía ni idea.

–No, no lo sabías. Te contentabas con juzgarme desde la distancia. Pero quizá ahora comprendas por qué nunca he dudado en hacer una oferta, antes de que la hicieran daño, antes de que encontraran la manera de conseguir dinero por otros medios. Siempre la han aceptado. ¿No crees que eso demuestra algo?

–Demuestra que Cal era un monstruo. Demuestra que a lo mejor no estaban enamorados de Monica y que era más fácil aceptar el dinero. Pero eso no significa que todos los hombres sean así. Y no significa que Monica deba ser castigada para siempre. ¿No crees que merece la oportunidad de ser feliz? O tienes la intención de deshacerte de todos los hombres por los que ella muestre interés, asegurándote de que tenga una vida solitaria y de que piense que hay algo malo en ella. ¿Eso es lo que quieres?

Por supuesto que no era eso lo que deseaba. Quería que su hermana fuera feliz, con un hombre que la pusiera en el pedestal que merecía, no con un cazafortunas.

—Algún día encontrará a alguien que merezca la pena.

—¿Y Jake? ¿No se te ha ocurrido que el motivo por el que ha rechazado tus ofertas es porque no le interesa el dinero? Ama a Monica. ¿No te das cuenta?

—¡No se casará con mi hermana!

—¿Cuál es tu problema? ¿Qué tienes en contra de mi hermano aparte de que creció en una familia pobre y tú en una familia rica? ¿Qué más te ha hecho?

—Que ¿qué me ha hecho? —soltó una carcajada—. Tu querido e inocente Jake no hizo nada, aparentemente. Es evidente que debería recibirlo en el seno de mi familia.

—Cuéntame, ¿por qué odias tanto a Jake?

—¿Por qué no iba a odiarlo? Tu hermano mató a mi novia.

Capítulo 11

SU NOVIA? Sophie recordó la foto que había en el cuarto de invitados. La de la chica sonriente que Millie le había contado que había muerto en trágicas circunstancias y cuya foto Daniel no soportaba ver. ¿Pero qué tenía que ver su hermano con aquella muerte?

Nada.

–No. Te equivocas –dijo Sophie sin saber por qué.

–Tú ni siquiera lo conoces. No sabes cómo era por aquel entonces. ¡No sabes de lo que era capaz!

–Puede que no, pero sigo sin creer que mi hermano sea el tipo de hombre capaz de haber hecho lo que dices y después querer casarse con tu hermana. ¿Qué clase de hombre haría tal cosa? Te lo aseguro, Jake no es ese tipo de hombre.

–Entonces no conoces a tu hermano.

–No. No te conozco a ti –pasó junto a él y Daniel la agarró del brazo.

–¿No quieres oír lo que hizo? ¿O te da miedo descubrir la verdad acerca de tu querido hermano? –la miró de forma retadora–. Era nuestro último año de instituto. Acabábamos de terminar los exámenes y toda mi familia se fue a Italia durante tres meses, para visitar a otros familiares. Emma y yo íbamos a comprometernos oficialmente la semana siguiente a nuestro regreso –Daniel soltó a Sophie–. Emma quería venir con nosotros, pero acababa de conseguir un trabajo y pensamos que era mejor que se quedara. Tres meses alejado de ella me parecía una eternidad. ¡Qué absurdo! Porque no tenía ni idea de lo que de verdad significaba una eternidad. No podía esperar para tomar el avión de regreso a casa. Pero justo antes de salir hacia el aeropuerto recibimos una llamada. Emma había salido despedida de un coche al salirse de la carretera. No llevaba puesto el cinturón de seguridad. A lo mejor así habría sobrevivido, pero el coche la aplastó. No tuvo ninguna oportunidad.

Sophie se estremeció. Él había perdido a su novia y después a sus padres en unas circunstancias similares.

–Lo siento de veras –dijo ella–. Pero todavía no comprendo qué tiene que ver esto con mi hermano.

–¡Ella iba en el coche de tu hermano!

Sophie tragó saliva. Ella sabía que Jake a veces tenía jaquecas a consecuencia de un accidente que había sufrido, pero nunca se había enterado de los detalles. ¿Sería cierto que no conocía tan bien a su hermano? ¿Podía ser el responsable de una tragedia así?

–¿Y tú le echas la culpa?

–¿A quién si no voy a culpar? A él siempre le molestó que yo tuviera dinero y él no. Estaba celoso por mi éxito académico y en los deportes. Y odiaba el hecho de que la chica más guapa del colegio no estuviera interesada en él. Así que en cuento me di la vuelta, se fue por ella.

–Eso no puedes saberlo sólo por el hecho de que estuvieran en el mismo coche.

–Oh, lo sé –apretó los dientes–. Aún hay más. La autopsia reveló que ella estaba embarazada –la fulminó con la mirada–. El bebé no era mío.

–¿Estás seguro?

–¿Cómo podía ser si nunca nos habíamos acostado? Estábamos esperando a estar comprometidos, y ése era parte del motivo por el que estaba deseando regresar.

–¿Y crees que era el hijo de Jake?

–Estaba embarazada de seis semanas. Yo me había marchado tres meses. Estaba con él cuando murió. Haz cálculos.

Sophie tragó saliva. Deseaba encontrar la manera de consolar a Daniel. Y también las palabras adecuadas para defender a su hermano antes de poder hablar con él y descubrir la verdad.

Pero entonces, se le ocurrió otra pregunta.

–¿Por qué estoy aquí, organizando una boda que no tienes intención de celebrar? ¿Intentabas fingir para demostrarle a Monica que sí que te preocupa su felicidad? ¿O quizá pensaste que acostándote conmigo podrías vengarte de mi hermano?

–¿De veras importa?

Ella decidió que no. Pero no pensaba darle la satisfacción de permitirle salir huyendo.

–Te odio por lo que le has hecho a tu hermana. Te odio por cómo has tratado a Jake. Pero sobre todo, te odio por lo que me has hecho a mí –hizo una pausa–. Ahora, recuerda mis palabras. Esa boda se va a celebrar –dijo con decisión–. Algo terrible sucedió hace años, pero no creo que Jake fuera capaz de hacer lo que tú dices que hizo, y te lo voy a demostrar. Después, esa boda se llevará a cabo, bajo tus narices. ¡Y tú te la tendrás que tragar!

«Ella no va a marcharse». Daniel no estaba seguro de por qué eso le parecía tan importante. En cualquier caso, sabía que iba a marcharse algún día, era algo inevitable. Pero le sorprendía cómo el concepto de su marcha había pasado de ser algo que él consideraba inevitable a algo de lo que se alegraba retrasar cada vez que Fletcher había rechazado su oferta. ¿Porque se llevaban muy bien en la cama?

Podía ser.

Aunque a partir de ese día quizá le costara volver a acostarse con ella. Una lástima.

Daniel se volvió y suspiró. ¿De veras creía que aquella boda podría continuar adelante después de lo que le había contado sobre su hermano? Estaba ciega, o era estúpida. Sin embargo, en cierto modo, él admiraba la devoción que sentía hacia su hermano. ¿No era eso lo que él sentía hacia Monica? Él haría cualquier cosa por ella.

Excepto apoyarla en la decisión de casarse con Jake Fletcher.

Jo lo llamó cuando ya estaba en su habitación.

—¿Qué pasa? —contestó Daniel.

—He doblado la oferta. Pensé que deberías saberlo.

—¿Por qué? Te dije que esperaras.

—¡Porque tienes que deshacerte de él! Es un canalla, Dan. Lo sabes. No quieres que se case con tu hermana. ¿No te basta con saber que probablemente ahora se esté acostando con ella?

—¡Calla, Jo!

–Si no te deshaces de él la dejará embarazada, igual que a la otra. Sólo intento hacer mi trabajo.

Daniel se masajeó la sien. Le daba la sensación de que Jo tenía más interés en impedir la boda que él mismo, cuando era él quien tenía un asunto pendiente con Fletcher.

Una vez más, probablemente sólo se debiera a la lealtad que Jo mostraba por él.

–De acuerdo, Jo. Ya has ofrecido cuatro millones. Vale. Pero no hagas más ofertas sin que dé el visto bueno. ¿Entendido?

–¿Qué pasó? –preguntó Sophie cuando su hermano contestó el teléfono–. Daniel cree que mataste a su novia. Y que la dejaste embarazada. ¿Qué pasó ese día?

–Sophie, espera. Tengo que cambiar de teléfono –oyó que colgaba y descolgaba otra vez al cabo de un momento–. Monica está dormida. No quiero que lo oiga.

–A lo mejor deberías decírselo. A lo mejor deberías contárnoslo a todos. Le he dicho a Daniel que no me lo creo, pero es terrible. No puedo librar esta batalla por ti, Jake. Te odia, y no veo cómo hacer que cambie de opinión. Por favor, dime que todo es mentira.

–Sophie, lo siento. Debería habértelo dicho. Créeme, quería hacerlo, pero ni siquiera yo conozco toda la verdad.

–¿Qué quieres decir?

–Debería haber dicho algo, pero me resulta muy difícil. Incluso ahora… Sobreviví al accidente, pero estuve en coma dos meses. Todavía tengo imágenes y pesadillas, y no consigo recordar qué sucedió justo antes del accidente.

–¿No puedes? Pero tienes que hacerlo, Jake. Es la única manera.

–Escucha, Sophie, los médicos creen que puede que nunca recupere el recuerdo de esos minutos. Lo único que recuerdo son fragmentos e impresiones, pero puede que no signifique nada. Los médicos dicen que pueden ser invención mía para tratar de explicar lo que sucedió.

Ella tragó saliva.

–¿Tú qué crees que sucedió?

–Tengo la sensación de que Emma vino a pedirme ayuda esa noche. No éramos muy buenos amigos, pero a veces hablábamos en el colegio, eso cuando Caruana no estaba delante. Yo había oído que iban a casarse y no la había visto en todo el verano. Hasta esa noche. Estaba lloviendo a cántaros y creo que la recuerdo de pie en la puerta de mi casa, empapada y con los ojos llenos de lágrimas. No puedo recordar sus palabras, pero tenían algo que ver con el bebé y con Daniel y Jo volviendo a casa. Estaba asustada, y desesperada por marcharse. ¡Pero no recuerdo por qué!

–Está bien, Jake –dijo ella, deseando que estuviera a su lado para calmarlo–. Tómate tu tiempo.

–Estoy bien –suspiró él–. Además, tengo una imagen en mi cabeza. Emma al volante, conmigo a su lado gritándole que parara. Pero ella no paró. Ambos salimos despedidos del coche. La policía no se creyó que no conducía yo.

–¿Y el bebé? ¿Era tuyo?

–Prometo que nunca me acosté con ella, Sophie. No la había visto en todo el verano.

–Pero todo el mundo supuso que sí.

–Yo tardé dos meses en despertar, y para entonces todo el mundo lo creía. Emma estaba muerta, ya la habían enterrado y la gente comenzaba a superarlo. ¿Qué sentido tenía volver a ahondar en el tema?

–¿Permitiste que siguieran creyéndolo?

–No me importaba, Sophie, porque yo podía vivir tranquilo. Sabía que no había hecho nada malo y eso me bastaba. Pero me importó cuando me enamoré de Monica y descubrí quién era su hermano. Intenté hablar con él. Sabía que deberíamos solucionarlo en algún momento. Pero no quiso devolverme las llamadas. ¿Y qué podía decirle para que me creyera?

–Lo comprendo.

–Lo siento. Sé que fue pedirte demasiado, pero confiaba en que si yo desaparecía con Monica, quizá él se acostumbrara a la idea. Ahora veo que he salido huyendo cuando debería haberme quedado para enfrentarme a ello en persona. Siento haberte metido en esto, Soph. Debe de haber sido una pesadilla para ti tener que aguantarlo todo este tiempo.

–Ha tenido sus momentos –dijo ella–. Pero me alegro de que por fin me lo hayas contado. Has de decírselo a Daniel. Él tiene que saber la verdad.

–¿Aunque yo no la sepa? ¿Por qué iba a creer que no era mi hijo?

–Tienes que intentarlo.

–Sí, supongo que tienes razón. A lo mejor regresamos antes. Al menos así dejará de hacerme ofertas.

–¿Te ha hecho más?

–Ya lleva un millón y medio. No está mal, si decides aceptarla.

La furia la invadió por dentro.

–Se lo dije, Jake. Le dije que no estabas interesado.

–Está bien. Eso significa que tengo que regresar para decirle dónde puede meterse su dinero. No hay forma de que vayamos a solucionar esto mediante mensajes de texto.

Ella oyó la voz de una mujer.

–Soph, tengo que irme. Mañana hablamos.

–Me voy a mudar a uno de los bungalows –dijo ella a la hora de cenar. Se había acercado al comedor para decirle que no tenía intención de comer–. Continuaré mi trabajo allí.

Él dejó el tenedor sobre la mesa.

–¿Sigues insistiendo en esa farsa de boda?

–He hablado con Jake. Va a venir a hablar contigo. Hay cosas que debes saber. Como por ejemplo que Emma no estaba embarazada de él. Tienes que hablar con él sobre eso. No recuerda los detalles, pero…

–Qué conveniente.

–Habla con él, Daniel, y óyelo tú mismo. Tomaste tu decisión hace muchos años, cuando mi hermano estaba en coma y no podía defenderse. ¿Te parece justo?

–¡Era evidente!

–¿Sí? ¿O era más fácil tener a alguien a quien culpar? ¿Y por qué no culpar a un hombre que ni siquiera estaba consciente? Eso es lo que yo llamo conveniente –se puso en pie–. Ah, y respecto a tu última oferta, te diré dónde ha sugerido mi hermano que te metas tu millón y medio.

–¿Un millón y medio?

–Eso es lo que ha dicho Jake.

Daniel se inclinó hacia delante.

–Sophie, deja que te haga una pregunta. ¿Cómo va tu negocio? Económicamente, quiero decir. ¿Va todo bien?

Ella se encogió de hombros y frunció el ceño.

–Bien. El año pasado nos fue estupendamente, y este año estamos pensando en expandir el negocio o invertir por si la cosa va mal.

–Ya –dijo, sintiendo un nudo en el estómago. Agarró la servilleta que tenía en el regazo y la dejó sobre la mesa–. ¿Sophie?

–¿Sí?

–Tengo que ocuparme de una cosa ahora, y mañana tengo que ir a Townsville, pero me gustaría hablar contigo cuando regrese. ¿Dices en serio lo de mudarte a uno de los bungalows?

Ella asintió.

–Entonces, te veré cuando regrese. ¿De acuerdo?

Ella asintió y él sonrió.

–Me alegro de que no te marches.

Ella se dirigió a recoger sus cosas, sintiéndose todavía más confusa. El monstruo se había retirado, y ella volvía a ver una faceta del Daniel que amaba.

«Oh, cielos».

¿De dónde había salido eso? No podía amarlo. De ninguna manera. No después de lo que había hecho y dicho. Ni de cómo había hecho todo lo que estaba en su poder para que Monica y Jake rompieran. Nadie podía amar a un monstruo como aquél.

Aunque le gustara su cuerpo y adorara la manera en que se había sentido cuando él le había hecho el amor.

Pero sabía que Daniel Caruana estaba enamorado

de una chica que había fallecido hacía años. Una chica que él había puesto en un pedestal. Una chica por la que seguía luchando.

Daniel no era capaz de amar a nadie más.

Sin embargo, si ella no estaba enamorada de él, ¿por qué le resultaba tan difícil marcharse? ¿Por qué se había emocionado cuando él le dijo que se alegraba de que se quedara?

Porque no soportaba la idea de estar demasiado lejos de él.

Aunque él nunca pudiera amarla. Aunque la relación entre ellos estaba condenada desde un principio.

Ella había sabido que todo era una locura desde el primer día que hicieron el amor. Y tenía la prueba de que era verdad: lo amaba. Ella entró en el despacho y se sentó en una silla, cubriéndose el rostro con las manos.

Vaya desastre.

Sophie no volvió a verlo esa noche y Daniel se marchó temprano por la mañana. Ella terminó de recoger sus cosas, las colocó en el carro de golf y se despidió de Millie, que la estaba esperando con una cesta de comida y otras cosas para que se llevara al bungalow.

–Siento que las cosas no te hayan salido bien aquí, cariño. He disfrutado tener a otra mujer como compañía.

–Yo también –dijo ella, dándole un abrazo a la mujer–. Pero vendré a visitarte.

–Espero que así sea.

El bungalow estaba oscuro y muy fresco. Alguien

había puesto el aire acondicionado. Sin encender la luz, se tumbó en la cama y cerró los ojos.

¿Qué diablos se suponía que debía hacer? Daniel quería hablar con ella esa noche, ¿sobre qué? Con un poco de suerte, Jake y Monica llegarían al día siguiente. Le había enviado un correo electrónico a Jake diciéndole que la llamara al móvil, aunque no se había molestado en decirle por qué. Le parecía que todo sería más fácil con Monica y Jake si ella no estaba viviendo en la misma casa que Daniel y durmiendo en la misma cama que él. Las cosas ya iban a ser lo bastante complicadas sin eso, si es que conseguían encontrar la manera de solucionarlas.

¿A quién trataba de engañar?

Se obligó a salir de la cama. No le quedaba más remedio que pensar de esa forma, así que lo mejor era que empezara a organizarse.

La reunión había salido mejor de lo esperado y Daniel decidió que no regresaría a la oficina. No lo necesitaban, y él tenía cosas más importantes que solucionar.

¿Cómo podía ser que Jo lo hubiera traicionado de esa manera? No lo sabía, pero no era que no le pagara suficiente. Pero a lo mejor debería de haberse dado cuenta cuando él insistió en que Daniel le pagara más a Jake para deshacerse de él. El tono de su voz lo decía todo. ¿Fue entonces cuando él decidió poner en marcha su plan para robarle la mitad del dinero?

Pero no sólo era el dinero. También la mentira acerca de que la empresa de Sophie necesitaba una inyección de dinero en efectivo, implicándola a ella en el lío desde un principio. Para que Daniel tuviera motivos para odiar a Fletcher.

Jo le había demostrado que le estaba siendo leal.

Debía haberse librado de él años atrás.

No podía esperar para ver a Sophie. No estaba seguro de qué era lo que iba a decirle, pero esperaba que para cuando llegara allí se le hubiese ocurrido algo que tuviera sentido para ambos.

Se alegraba tanto de que no se hubiera marchado. Y se lo había dicho de verdad. Sophie pertenecía a ese lugar. A su lado. Y sólo necesitaba que ella se diera cuenta.

Después de todo lo que había sucedido, la llamada la pilló por sorpresa. Le resultó imposible contener las lágrimas, ya que la idea de que todo había sido para nada le resultaba insoportable. Sophie sostuvo el paño mojado contra sus ojos hinchados, y se alegró de no haber desempaquetado todas sus cosas. Así le llevaría menos tiempo recoger.

Respiró hondo y salió del baño tratando de pensar qué debía hacer. Una cálida brisa le movió la falta y ella miró a su alrededor, sorprendiéndose al ver que la puerta estaba abierta. Era extraño. Habría asegurado que la había cerrado. Pero a lo mejor alguien le había llevado la leche que había pedido y se había olvidado de cerrar.

Se acercó a la puerta y percibió un olor a sudor y nicotina. El miedo se apoderó de ella y, justo en ese instante, una mano salió de detrás de la cortina y la agarró por la muñeca.

Capítulo 12

ELLA gritó y se percató de que era Jo al ver el brillo de su pulsera de oro y al oír su voz diciéndole que se callara. Él tiró de ella y la soltó de golpe contra la mesa de café. Después cerró la puerta con llave y echó las cortinas para que nadie pudiera verlos.

—¿Qué estás haciendo aquí? —preguntó ella.

—Pequeña zorra. Has hecho que pierda mi trabajo.

—¿Cómo?

Él se acercó y ella retrocedió hasta chocar contra el banco de la cocina.

—¿Qué le has dicho a Daniel?

—¿De qué estás hablando? No lo sé. Nada que sea de tu incumbencia.

Jo se acercó un poco más y ella se echó a un lado. No quería que la acorralara.

—Le dijiste cuánto le ofrecí al estúpido de tu hermano.

—¡Sólo le dije lo que me dijo Jake! ¿Qué tiene de malo?

—¿Creías que iba a gastarme todo el dinero de Caruana en ese canalla?

—¡Pensabas robárselo! Ibas a llevarte una parte y te has enfadado conmigo porque te han pillado. No intentes echarme la culpa a mí.

–Me habría salido bien si tú no hubieras abierto el pico. ¡Me debes una!

Sophie miró a su alrededor para buscar la manera de escapar.

Él dio un paso adelanté y ella supo que tendría que darse prisa. Se preguntaba cuánto resistiría la puerta del baño si se encerraba en él, o si era mejor buscar un buen cuchillo de cocina.

–Deberías haberte escapado, señorita. Cuando Millie me dijo que estabas aquí, me pareció demasiado bueno como para ser verdad. Ella no quería decírmelo. No sé por qué.

–¿Qué le has hecho?

–Sobrevivirá –dijo él, con una sonrisa mientras se frotaba la entrepierna–. Y no te preocupes, he guardado lo mejor para ti.

–Daniel llegará en cualquier momento. Tenemos una reunión.

Él se rió.

–Buen intento. Estará en Townsville todo el día. Además, es evidente que ha terminado contigo si estás aquí en el bungalow. ¿Decidió que ya había tenido bastante y te echó de casa como si fueras las sobras de la cena?

–No tienes ni idea.

–Sé que sólo te quería porque Fletcher se estaba acostando con su hermana. Ojo por ojo, diente por diente.

–¡Eres asqueroso!

–Y tú una zorra, pero no soy muy selecto –sonrió–. ¿No te dijo que fue él quien reservó Tropical Palms? Les pagó un millón en efectivo.

–Mientes.

–Pregúntaselo tú, en vuestra reunión –se rió y dio un paso más.

Sophie agarró la cesta que Millie le había preparado y que estaba sobre la encimera y se la lanzó, aprovechando el momento para salir corriendo.

Él levantó el brazo, pero no pudo evitar que el contenido se le cayera encima.

–¡Zorra!

Pero Sophie ya estaba tratando de abrir la puerta. Él la empujó por detrás y ella chocó contra el cristal.

–¡Pagarás por lo que has hecho!

–Suéltame –se resistió y le arañó el rostro.

Jo le dio una bofetada con el dorso de la mano. Después, la tomó en brazos y la llevó al dormitorio, tirándola sobre la cama.

–Jake dijo que eras un acosador –dijo ella, acurrucándose contra el cabecero.

Él se quitó el cinturón.

–¿De veras? ¿Y qué diablos sabía? Estuvo inconsciente durante meses. Nadie sabe nada.

El miedo se apoderó de ella.

–¿De qué estás hablando?

–Calla –rodeó la cama y ella se fue al otro lado.

–Gritaré.

–Grita todo lo que quieras, cariño. La otra zorra de Caruana también gritó, y sólo sirvió para que me diera más placer. Fue casi tan satisfactorio como cuando culparon a tu hermano.

–¡Era tu bebé! Ella fue a ver a mi hermano porque estaba embarazada de ti y no sabía qué hacer. La violaste. En cuanto Daniel se despistó, la violaste, y permitiste que mi hermano cargara con la culpa durante todos estos años.

–¿Te callas alguna vez? Ven aquí, zorra –se tiró sobre ella.

Sophie gritó cuando él la agarró por el tobillo.

–Deja que te demuestre lo que puede hacer un hombre de verdad.

El pánico hizo que ella lanzara una patada con el otro pie. Oyó un crujido y notó un dolor tan fuerte en la pierna que pensó que el grito que había oído lo había dado ella. Hasta que vio que Jo empezaba a sangrar por la nariz.

–¡Zorra! –exclamó antes de intentar agarrarla otra vez.

–¡Apártate de ella, bastardo!

Y entonces, a su lado empezó un estallido de patadas y puñetazos. Sophie rodó al suelo, preguntándose si estaba atrapada en una pesadilla. Porque se suponía que Daniel no iba a llegar hasta mucho más tarde y de pronto estaba allí.

Alguien llegó en su ayuda, y otros hombres se lanzaron para detener a Jo, terminando el trabajo que Daniel había empezado.

Daniel corrió a su lado y la abrazó como si fuera algo muy preciado. Como si significara mucho para él. Ella quería mostrarse agradecida de todo corazón.

Pero era demasiado tarde.

El hospital de Cairns era frío y aséptico. Sophie respiró hondo para tranquilizarse mientras esperaba a la siguiente visita.

Estaba recogiendo sus cosas cuando llamaron a la puerta. Ella se volvió para ver a Daniel.

«Maldita sea», ¿por qué siempre tenía que estar tan atractivo?

–¿Te vas?

–El doctor está de camino. Espero que me den el alta. Al parecer, todo está bien. No tengo secuelas de la contusión.

–Puedo llevarte a casa.

Ella suspiró.

–Ya tengo transporte, gracias.

–Sophie –se acercó a ella–. Lo siento –le dijo–. Tienes la mejilla…

–Se bajará la hinchazón, y desaparecerán los moretones. Supongo que podría haber sido peor.

–Lo siento.

–¿Por qué? –dijo ella, forzando una carcajada–. Fuiste tú quien me salvó, ¿no es así?

–Tú estabas haciendo un gran trabajo para defenderte cuando te vi. ¿Te han dicho que le rompiste la nariz a Jo con tu patada? Recuérdame que no me meta en tu camino cuando estés en la cama.

Ella sonrió con resignación.

–Creo que ambos sabemos que no hay muchas posibilidades de que eso ocurra.

Se hizo una pausa y finalmente, Daniel dijo:

–Es culpa mía. Debería haber imaginado lo peligroso que podía llegar a ser Jo cuando descubrimos que estaba robando. Debería haberme dado cuenta de que iría por ti.

Sophie asintió.

–Quiero explicarte algo sobre Jo.

–No hace falta.

–Sí, es necesario. ¿Me escucharás?

Ella se sentó en la cama. Hasta que no llegara el médico no podía hacer nada más.

—Está bien, te escucho.

Él respiró hondo.

—Tras la muerte de Emma, yo regresé de Italia lo más pronto posible. No podía creerlo. Me culpé por no haber insistido en que ella viniera con nosotros. Estaba hecho una furia. Quería romper algo… A Jake. Él estaba en coma y quería terminar el trabajo.

Sophie bajó la vista, sufriendo por su hermano a punto de morir y por el pobre hombre que acababa de perder a su prometida.

—Jo me detuvo. Al menos, pensé que lo había hecho. Le agradecí que me salvara durante aquellos días oscuros, que me salvara de mí mismo. Cuando nos reencontramos años más tarde, después de que hubiera estado en el ejército y cuando estaba buscando trabajo, quise devolverle el favor. Acababa de empezar con mi negocio. Le di un trabajo, pensando que estaba compensándolo por su lealtad hacia mí. Pero durante todo el tiempo él estuvo viviendo una mentira. Ya me pareció bastante malo cuando descubrí que pensaba quedarse la mitad del dinero del soborno, pero ya me había traicionado de la peor manera posible y yo había estado demasiado ciego para darme cuenta. Me dijo que Jake se había aprovechado de Emma mientras yo estaba fuera y que probablemente la estaba acompañando para que le hicieran un aborto clandestino cuando tuvieron el accidente. Me contó todo esto mientras que, al mismo tiempo, evitaba que fuera a matar a tu hermano. Y pensar que durante todos estos años le he agradecido que me detuviera… —negó con la cabeza—. Pero entonces me enteré de que Monica pensaba casarse con Jake, y me acordé de todo lo que había sucedido antes. No sólo es que Jo alimentara mi odio hacia Jake, pero casi parecía que quería que desapareciera más que yo. Me dijo que tenías problemas económicos con tu negocio y que necesitabas dinero. Todo encajaba con la idea de que tu hermano y tú os habíais metido en esto por dinero.

La miró arrepentido y ella se fijó en que tenía ojeras.

–Estaba equivocado, Sophie. Muy equivocado.

Parecía destrozado, y ella tuvo que contenerse para no acercarse a él, abrazarlo y decirle que no tenía importancia. Porque sí que la tenía.

–Fue Jo quien dejó embarazada a Emma –susurró ella–. No Jake. Jo… Jo la violó.

–Lo sé –dijo Daniel, cerrando los ojos–. Por eso quería deshacerse de Jake.

–Pero Jake no lo recordaba.

–Jo no sabía lo que tu hermano sabía. No podía arriesgarse a que se celebrara la boda y se supiera la verdad. No quería que tu hermano se acercara a mí. Iba a quedarse el dinero y salir huyendo. Y lo habría hecho, si tú no me hubieses dicho unas cifras que para mí no tenían sentido. Tengo mucho que agradecerte, Sophie. Y mucho más por lo que disculparme.

–Jake cree que Emma fue a verlo por desesperación. Pero yo sigo preguntándome por qué no fue directamente a la policía.

–No lo sé. Excepto porque sus padres eran muy estrictos. Quizá pensó que no la iban a creer. Después de todo, se suponía que era mi amigo. Le pedí que cuidara de ella mientras yo estaba fuera…

Ella cerró los ojos con fuerza y tragó saliva, deseando poder calmar su dolor. Si anteriormente él se había culpado por la muerte de Emma, después de eso tenía muchos más motivos. Maldita sea. ¡No sentiría lástima por él!

—Fuiste tú quien reservó en Tropical Palms, ¿verdad? Para conseguir que me quedara en la isla. Y has hecho que pensáramos que la boda iba a continuar adelante. Todo mientras llevabas a cabo tu plan para deshacerte de Jake.

Él cerró los puños a ambos lados del cuerpo.

—Hiciste una llamada de teléfono desde el helicóptero, ¿verdad? Y después te inventaste que habías llamado a la isla para avisar de que llegábamos. Me mentiste.

—Por omisión, o eso trataba de justificarme a mí mismo. Pero sí, tienes razón. Te mentí.

—Y querías retenerme, ¿no? Mientras Jake estuviera con Monica. *Ojo por ojo, diente por diente*, eso es lo que dijo Jo. Por eso te acostaste conmigo, ¿no es así, Daniel? Para ponerte al nivel de alguien a quien habías decidido odiar para siempre.

—¡Eso no es lo que dije!

—¡Pero era tu intención! Querías que fuera tu prisionera en el paraíso, y pensaste que de paso podías aprovecharte de mí mientras estaba allí.

—Sophie, no siempre fue así, tienes que creerme. Sí, pensé que era justo que te quedaras conmigo mientras él tenía a Monica. Y sí, para que eso sucediera tuve que asegurarme de que Tropical Palms recibiera una oferta que no pudieran rechazar. Sé que nadie puede comprenderlo, pero tenía que hacer todo lo posible para asegurarme de que tenía el control sobre esa boda. Era la única manera. Sólo cuando llegaste aquí encontré más motivos que nunca para que te quedaras.

–¿Porque podías tener relaciones sexuales cuando quisieras?

–Te dije que eras la mejor, y es verdad.

Ella oyó el ruido de un carrito de té y miró hacia la puerta. Cualquier interrupción sería bienvenida. Ella era muy buena en la cama y él estaba enamorado de una mujer muerta.

Nunca sería una competición justa.

Ella se puso en pie y trató de cerrar la cremallera de la bolsa. ¿Dónde diablos se había metido el médico? No era que el médico pudiera ayudarla en esos momentos, porque ningún medico podía calmar el dolor que sentía en su interior.

Ella respiró hondo para calmarse.

–Mira, Daniel, gracias por lo de ayer. Gracias por pasar por aquí y explicarme todo eso. Por favor, dale recuerdos a Millie. Por favor, hazle saber que me alegra oír que no le hicieron daño.

–¿Dónde vas? –preguntó él con el ceño fruncido.

–Vuelvo a Brisbane. Tengo un vuelo reservado. Meg va a recogerme al aeropuerto –trató de mostrar entusiasmo en su voz–. No puedo esperar a que me cuente todas las novedades.

–Sophie, quiero que vengas a casa.

–Me voy a casa, Daniel. Mi casa.

–¿Y la boda? ¿Qué pasa con la boda?

–¿No has oído las noticias? Ya no me necesitan aquí.

Él la miró asombrado.

–¿De qué estás hablando?

–¿Por qué te sorprendes, Daniel? Pensé que te alegrarías. Eso era lo que querías, después de todo: la boda se ha cancelado.

Daniel estaba confuso. Había supuesto que recogería a Sophie del hospital y la llevaría otra vez a la isla. Él había pensado que si le explicaba todo a lo mejor lo comprendería y lo perdonaría.

Ella tenía que perdonarlo.

Y Daniel había pensado que tenía tiempo de sobra, porque había una boda que planear y ella nunca dejaría su trabajo.

Pero si no había boda…

–¿Qué ha pasado?

–Sabes, ha sido muy extraño. Al parecer, Monica oyó que Jake hablaba conmigo por teléfono e insistió en que le contara lo que pasaba. Cuando él le dijo que tú estabas ofreciéndole dinero para que rompiera el compromiso, y que eras el responsable de que sus otros novios la dejaran, se negó a creer que fueras capaz de hacer algo así. Tú. El hermano perfecto –soltó una risita–. Imagina.

Él se agarró el cabello. ¿Qué diablos había hecho?

–Sin duda te alegrarás de oír que tuvieron una gran discusión y que todo se acabó… Ella no podría casarse con nadie que no pensara que su hermano era maravilloso, y Jake no podría casarse con alguien que no confiara en él –tomó aire–. Así que por fin conseguiste lo que querías. Espero que estés satisfecho.

Se volvió y se concentró en terminar de cerrar la bolsa.

–Sophie…

–¿Todavía estás aquí?

–Hablaré con ellos. Lo arreglaré.

–Buena suerte. Cuando me enteré de la noticia no parecía que se pudiera arreglar.

–No puedes irte. Te dije que eras la mejor, Sophie. En serio.

–Me tomaste por tonta, me hiciste el amor y me sedujiste como si de verdad te importara. Cuando lo único que querías era retenerme en el paraíso. ¿Por qué diablos crees que no debería marcharme?

–Porque te quiero.

Él no estaba seguro de quién estaba más asombrado. Ella se quedó de piedra y palideció.

–No lo sabía. No me había dado cuenta hasta ahora. ¿Pero por qué pasaba horas en las reuniones pensando en ti en lugar de pensar en lo que se estaba tratando? ¿Por qué si no quería volver a casa corriendo? Porque no podía dejar de pensar en ti. Quería estar contigo, Sophie, porque te quiero.

–No. Estás enamorado de Emma. Siempre lo has estado. Y siempre lo estarás.

–Amaba a Emma. Sé que ella siempre será alguien especial en mi corazón. Pero es a ti a quien quiero.

Sophie se cubrió el rostro con las manos y respiró hondo.

–Hay mucha gente dolida, Daniel. Se ha hecho mucho daño. ¿Cómo esperas que acepte tu amor? ¿Cómo esperas que te corresponda? Aunque quisiera –levantó la vista y vio esperanza en la mirada de Daniel–. Tienes que dejar que me marche. Tienes que darme tiempo.

Se abrió la puerta y entró el médico en la habitación. Al ver la bolsa preparada dijo:

–¿Hay alguien que está deseando irse a casa? –miró a Sophie y después a Daniel–. Espero no haber interrumpido algo importante.

Ella puso una lánguida sonrisa.

–Para nada. El señor Caruana ya se marchaba.

Epílogo

HACÍA un día estupendo. No había ni una nube en el cielo y la brisa del mar evitaba que la temperatura subiera demasiado.

Habría sido un día perfecto si ella no hubiese tenido el corazón en un puño desde que llegó.

Todo estaba preparado en Kallista y Meg había hecho un trabajo estupendo mientras Sophie se había quedado trabajando en Brisbane durante las dos semanas anteriores. Habían instalado una carpa blanca decorada con flores y tules, recreando un lugar romántico para una boda perfecta.

Y lo era. Ella había llegado en el último barco y entró cuando todo el mundo estaba ocupado con los detalles de última hora. Lo había planeado así. Ni siquiera un par de semanas habían servido para que olvidara lo sucedido. Al parecer, Daniel sí lo había olvidado. Él no había contactado con ella en todo ese tiempo. Era evidente que su declaración de amor no significaba nada. Ella había hecho lo correcto marchándose de allí.

Al ver a Jake ante el altar, nervioso y excitado, había estado a punto de ponerse a llorar. Y al ver a Monica, la novia más bella que había visto jamás, no pudo contener las lágrimas. Ella estaba radiante, y caminaba del brazo de su querido hermano, que la acompañaba hasta el hombre que amaba.

Siguió llorando al ver que los dos hombres se daban la mano, cuando uno le entregaba la novia al otro, y cuando los novios pronunciaron los votos y se besaron.

Cuando empezaron los discursos, ella estaba completamente desbordada.

–Me alegro de volver a verte.

Sophie pestañeó y lo vio delante suyo. Tan atractivo, vestido como un dios.

–¿Cómo has estado?

«Sola», pensó.

–Ocupada. ¿Y tú?

–Igual –él la miraba con ojos de deseo–. Estás preciosa.

Ella sonrió.

–Siéntate conmigo durante el banquete –dijo él–. Le he pedido a Meg que te reserve un sitio.

–Por supuesto –trató de convencerse de que podría aguantar unas horas a su lado.

Al llegar a la sala donde se celebraba el banquete se fijó en la tarta que había hecho Millie.

–Es preciosa, Millie –le dijo dándole un abrazo–. Has hecho un trabajo estupendo.

Millie se secó las lágrimas.

–Te hemos echado de menos, Sophie. Él más que nadie. Ha estado como un oso gruñón, esperando a que aparecieras. Parecía que era él quien iba a casarse. ¿Te quedarás unos días?

–Sólo esta noche. Tengo que regresar a Brisbane.

–Lo comprendo –dijo Millie dando un suspiro.

La gente comenzó a sentarse a la mesa y Daniel sacó una silla para que se sentara ella.

–Te he echado de menos, Sophie –le susurró al oído–. Mucho.

–No me has llamado –dijo ella, tratando de ocultar su dolor.

–Creía que necesitabas espacio.

–Ah –ella agarró la copa de vino y bebió un sorbo mientras miraba a los novios–. ¿Cómo conseguiste que volvieran juntos?

–Tuve que solucionar muchas cosas antes de que sucediera. Por suerte, tú me habías enseñado cómo hacerlo.

–¿Yo? ¿Cómo?

Él miró el plato del aperitivo que habían servido.

–¿Tienes hambre?

Sophie negó con la cabeza. Sabía muy bien en qué consistía el menú, y también que estaría delicioso.

Él la agarró de la mano y se dirigieron a la playa, donde el sol empezaba a ponerse.

–He pasado demasiado tiempo en un mundo lleno de odio –dijo él, mientras se quitaban los zapatos para pasear por la arena–. Me consumió. Me llevó a pensar que estaba haciendo lo correcto, cuando no era así. Le hice daño a Monica. Pensaba que la estaba protegiendo y la estaba hiriendo.

Él se detuvo y miro al sol, y ella vio que tenía los ojos humedecidos.

–Tú me enseñaste que los lazos del amor son más fuertes que las cadenas del odio. Me enseñaste que el amor nada tiene que ver con el control. El amor tiene que ver con dejar marchar algo, y confiar en que podrás guardarlo para siempre –le sujetó la barbilla–. Tú me enseñaste todo eso, Sophie. Y aunque ese día no quería dejar que te alejaras de mí en el hospital, aunque sabía que sufriría y que el tiempo que pasara me parecería una eternidad, supe en mi corazón que si quería tenerte debía dejar que te marcharas y tener la esperanza de que regresaras a mi lado.

Apoyó la frente contra la de ella y Sophie le acarició la mejilla.

—Oh, Daniel.

—Ahora… Ahora necesito saber una cosa. ¿Crees que tenemos alguna oportunidad? ¿Hay alguna oportunidad de que regreses a mi lado después de todos los errores que he cometido y de la pesadilla que os he hecho pasar?

—Creía… Temía…

—¿Qué?

—Que habías cambiado de opinión. Que te habías dado cuenta de que habías cometido un error. No sé. Al ver que no sabía nada de ti pensé que lo había imaginado todo.

Él la rodeó con el brazo.

—En las últimas semanas no he podido pensar en otra cosa aparte de en lo mucho que te quiero. Cásate conmigo, Sophie. Cásate conmigo y hazme el hombre más feliz del mundo.

Y de pronto, las lágrimas afloraron de nuevo a sus ojos. Lágrimas de alegría, de alivio, provenientes de un corazón lleno de amor.

—Daniel, ¡te quiero mucho!

Él la tomó entre sus brazos, la volteó y la besó de forma apasionada.

—¿Te casarás conmigo?

Ella sonrió, consciente de que lo amaría para siempre. Agachó la cabeza y le susurró algo al oído. Él sonrió y la besó de nuevo.

Era tarde cuando regresaron al banquete y los novios ya habían cortado la tarta. Permanecieron al final de la sala para no interrumpir, pero Millie los vio entrar y se acercó a ellos.

–Es una boda mágica –dijo ella, fijándose en sus manos entrelazadas–. Completamente mágicas.

–Eso es lo que promete la empresa de Sophie –sonrió Daniel–. Un día perfecto para crear recuerdos para toda una vida.

Sophie se rió.

–¡Te has aprendido mi eslogan!

–Pensé que podía necesitarlo algún día, si necesitaba una organizadora de bodas –la estrechó contra su cuerpo–. Puede que sea así.

Millie se cubrió la boca con las manos.

–Oh, cielos, ¿es cierto eso?

Sophie abrazó a la mujer.

–Daniel me ha pedido que me case con él.

–¿Y le has dicho que sí?

–Le he dicho que me gustaría, pero quiero asegurarme de que alguien más me da su visto bueno –miró a su alrededor y vio que Daniel se acercaba a hablar con su hermano. Se fijó en que Jake fruncía el ceño y la buscaba con la mirada, sonriendo al ver que eso era lo que ella quería.

Sophie apretó la mano de Millie.

–Creo que será mejor que no guardes los moldes de cocina, Millie.

Millie corrió a compartir las buenas noticias y Daniel regresó junto a Sophie. La tomó en brazos y la guió hasta marearla.

–Gracias –le dijo–. ¿Cómo sabías que me iba a sentar tan bien? Siento que todo ha terminado. Por fin ha terminado.

Ella se rió y le sujetó el rostro, mirándolo fijamente a los ojos.

–No, Daniel. Prefiero pensar que esto no es más que el principio.

–Me gusta tu manera de pensar, Sophie Turner.

–Vaya, y yo que pensaba que lo que te gustaba era cómo hacía otras cosas.

–Sí, eso también. Eso me gusta muchísimo –miró a su alrededor–. ¿Crees que es muy pronto para marcharnos? Después de todo, los que se han casado son nuestros hermanos.

Ella sonrió y lo agarró de la mano.

–A veces hay que estar preparado para dejar marchar. ¿Estás preparado, Daniel?

–Cada noche de mi vida.

Ella sonrió y lo sacó de allí.

–Entonces, no dejaré de volver a tu lado. Siempre.

–Siempre –repitió sus palabras antes de besarla de forma apasionada.

Bianca™

Iba a ser sólo por una noche… pero a él no le bastó

En teoría, Ellery Dunant era la última mujer que uno esperaría encontrar en la lista de amantes del mundialmente famoso playboy Leonardo de Luca. Esa clase de hombres no era nueva para ella y sabía que no había la más mínima posibilidad de que un hombre como él estuviera interesado en una mujer tan sencilla como ella…

Entonces, ¿por qué se descubrió Leonardo bajando la guardia para acostarse con ella?

La perdición de un seductor

Kate Hewitt

epte 2 de nuestras mejores novelas de amor GRATIS

¡Y reciba un regalo sorpresa!

Oferta especial de tiempo limitado

Rellene el cupón y envíelo a
Harlequin Reader Service®
3010 Walden Ave.
P.O. Box 1867
Buffalo, N.Y. 14240-1867

¡Sí! Por favor, envíenme 2 novelas de amor de Harlequin (1 Bianca® y 1 Deseo®) gratis, más el regalo sorpresa. Luego remítanme 4 novelas nuevas todos los meses, las cuales recibiré mucho antes de que aparezcan en librerías, y factúrenme al bajo precio de $3,24 cada una, más $0,25 por envío e impuesto de ventas, si corresponde*. Este es el precio total, y es un ahorro de casi el 20% sobre el precio de portada. !Una oferta excelente! Entiendo que el hecho de aceptar estos libros y el regalo no me obliga en forma alguna a la compra de libros adicionales. Y también que puedo devolver cualquier envío y cancelar en cualquier momento. Aún si decido no comprar ningún otro libro de Harlequin, los 2 libros gratis y el regalo sorpresa son míos para siempre.

416 LBN DU7N

Nombre y apellido	(Por favor, letra de molde)

Dirección	Apartamento No.	

Ciudad	Estado	Zona postal

Esta oferta se limita a un pedido por hogar y no está disponible para los subscriptores actuales de Deseo® y Bianca®.
*Los términos y precios quedan sujetos a cambios sin aviso previo.
Impuestos de ventas aplican en N.Y.

SPN-03

©2003 Harlequin Enterprises Limited

Deseo™

El príncipe de sus sueños

CATHERINE MANN

Cuando la verdadera identidad de
Tony Castillo apareciera en las porta-
das de todos los periódicos, ya no sería capaz de seguir ocultando que era
un príncipe y no un magnate, como
todo el mundo creía, incluida su bella
amante, Shannon Crawford.

Ante la indignada reacción de su
amante, Tony no tuvo más remedio
que llevársela a una isla, refugio de
su familia, para protegerla de los pa-
parazzi... pero el auténtico objetivo
de Tony era ganarse de nuevo el corazón de Shannon en aquella remota y
exótica isla.

*¿Superaría Shannon las restricciones que
imponía amar a un hombre de la realeza?*

¡YA EN TU PUNTO DE VENTA!

**¡Un ama de llaves… convertida en la amante
del famoso italiano!**

Aunque Sarah Halliday es muy sencilla, su peligrosamente atractivo nuevo jefe, Lorenzo Cavalleri, no está contento con que se limite a limpiar los suelos de mármol de su *palazzo* de la Toscana…

Un perfecto maquillaje y los preciosos vestidos que perfilan su figura la hacen apta para acompañarlo a diversos actos sociales, pero en el fondo, Sarah sigue siendo la vergonzosa y retraída ama de llaves de Lorenzo… y no la sofisticada mujer que éste parece esperar en la cama.

*Al servicio
del italiano*

India Grey